FUGA DA BIBLIOTECA DO SR. LEMONCELLO

Do Autor:

Olimpíadas da Biblioteca do Sr. Lemoncello

CHRIS GRABENSTEIN

FUGA DA BIBLIOTECA DO SR. LEMONCELLO

Tradução
ANANDA ALVES

6ª edição

BERTRAND BRASIL
Rio de Janeiro | 2022

Publicado mediante acordo com Randon House Children's Books, uma
divisão da Random House LLC.

Título original: *Escape from Mr. Lemoncello's Library*

Ilustrações de miolo: Rômulo Lentini

Texto revisado segundo o novo
Acordo Ortográfico da Língua Portuguesa

2022
Impresso no Brasil
Printed in Brazil

CIP-BRASIL. CATALOGAÇÃO NA PUBLICAÇÃO
SINDICATO NACIONAL DOS EDITORES DE LIVROS, RJ

G751
6ª ed.
	Grabenstein, Chris
	   Fuga da biblioteca do Sr. Lemoncello / Chris
	Grabenstein; tradução de Ananda Alves. – 6ª ed. –
	Rio de Janeiro: Bertrand Brasil, 2022.
	   il.
	
	   Tradução de: Escape from Mr. Lemoncello's Library
	   ISBN 978-85-286-2047-4
	
	   1. Ficção infantojuvenil americana. I. Alves, Ananda.
	II. Título.
	
	                       CDD: 028.5

15-28261	CDU: 087.5

Todos os direitos reservados pela:
EDITORA BERTRAND BRASIL LTDA.
Rua Argentina, 171 – 3º andar – São Cristóvão
20921-380 – Rio de Janeiro – RJ
Tel.: (21) 2585-2000

Atendimento e venda direta ao leitor:
sac@record.com.br

*Para a finada Jeanette P. Myers
e todos os demais bibliotecários que nos ajudam
a encontrar o que quer que procuremos*

1

Foi assim que Kyle Keeley ficou de castigo por uma semana.

Primeiro pegou um atalho pelo arbusto de rosas preferido de sua mãe.

Sim, os espinhos machucaram, mas, tendo atropelado os ramos espinhosos e esmagado algumas petúnias, obteve uma vantagem de cinco segundos de seu irmão mais velho, Mike.

Tanto Kyle quanto Mike sabiam exatamente onde encontrar o que precisavam para ganhar o jogo: dentro de casa!

Kyle já encontrara a pinha para completar sua rodada "ao ar livre". E tinha certeza de que Mike havia pegado a "flor amarela". Bem, era junho. Dentes-de-leão estavam por toda parte.

— Desista, Kyle! — gritou Mike enquanto ambos corriam pela entrada da garagem. — Você não tem a menor chance.

Mike ultrapassou Kyle, zunindo em direção à porta de entrada e tomando de volta a liderança temporária do irmão.

É claro que fez isso.

Mike Keeley, de dezessete anos, era um atleta completo, uma estrela do ensino médio. Futebol americano, basquete, beisebol. Se tinha uma bola na história, ele se saía bem.

Kyle, que tinha doze, não era estrela de nada.

Seu outro irmão, Curtis, com quinze, ainda estava preso no jardim do vizinho, lidando com o cachorro. Curtis era o mais inteligente dos Keeley. Mas, para a *sua* rodada "ao ar livre", havia retirado a sempre infeliz carta "O Brinquedo do Cachorro do Seu Vizinho". Qualquer carta referente a cães era basicamente o mesmo que "Perca Sua Vez".

Quanto ao motivo dos três irmãos Keeley estarem correndo feito malucos pela vizinhança em uma tarde de domingo, pegando todo o tipo de coisas estranhas, bem, isso era culpa de sua mãe.

Fora ela quem sugerira "Meninos, se vocês estiverem entediados, joguem um jogo de tabuleiro!".

Então Kyle fora até o porão e encontrara um de seus preferidos: Caça ao Tesouro Interna-Externa do sr. Lemoncello. Era um grande sucesso do sr. Lemoncello, o mestre criador de jogos. Kyle e seus irmãos o jogavam tanto quando crianças que a sra. Keeley escreveu para a empresa encarregada pedindo um pacote novo com outras pistas. As novas cartas listavam todo tipo de coisas bizarras que você precisaria encontrar, como "roupas de baixo largas de um adulto", "um prato sujo" e "uma casca de banana podre".

(No final do jogo, os perdedores deveriam colocar tudo de volta nos lugares exatos onde os itens foram encontrados. Era uma regra oficial, impressa dentro da tampa da caixa, e tornava a vitória muito mais importante!)

Enquanto Curtis estava preso na casa ao lado, tentando convencer o dobermann do vizinho, Twinky, a entregar seu brinquedo favorito, Kyle e Mike estavam em busca dos mesmos dois itens, porque, na rodada final, todos os jogadores recebiam a mesma Charada.

A charada daquele dia, mesmo sendo uma carta que Kyle nunca vira antes, tinha sido extremamente fácil.

ENCONTRE DUAS MOEDAS DE 1982 QUE SOMEM TRINTA CENTAVOS, E UMA DELAS NÃO PODE SER DE CINCO.

Dã. A resposta era uma de vinte e cinco centavos e outra de cinco, pois a charada dizia que apenas *uma* delas não poderia ser de cinco.

Então, para ganhar, Kyle teria que encontrar uma moeda de vinte e cinco centavos de 1982 *e* uma de cinco centavos do mesmo ano.

Fácil também.

Seu pai mantinha um jarro de cidra de maçã cheio de trocados em sua oficina, que ficava no porão.

Era por isso que Kyle e Mike corriam para chegar lá primeiro.

Mike disparou pela porta da frente.

Kyle sorriu.

Ele amava jogar contra seus irmãos mais velhos. Como o caçula, era a única chance que tinha de ganhar deles de maneira justa e honesta. Jogos de tabuleiro nivelavam os jogadores. Você precisava jogar bem os dados, ter sorte ao tirar as cartas e ser um pouco inteligente, mas, se as coisas fossem ao seu favor e você se dedicasse, qualquer um poderia ganhar.

Especialmente hoje, já que Mike havia arruinado sua liderança ao escolher a rota tradicional para o porão. Passaria pela porta da frente, cortaria para os fundos da casa, desceria os degraus aos saltos e só então correria para a oficina do pai.

Kyle, no entanto, pegaria um atalho.

Pulou por cima de alguns arbustos meio quadrados e abriu com um chute a janelinha de acesso ao porão, que ficava rente ao chão. Ouviu algo estalar quando seu tênis atingiu a vidraça, mas não poderia se preocupar com aquilo. Tinha que ganhar do irmão mais velho.

Ele rastejou pela abertura estreita, jogou-se no chão e foi sem jeito até a bancada, onde encontrou o jarro, derrubou as moedas e começou a procurar em um mar de um, cinco, dez e vinte e cinco centavos.

Ponto!

Rapidamente, Kyle encontrou uma moeda de cinco de 1982. Colocou-a dentro do bolso da camisa e espalhou pelo chão outras de um, cinco e dez centavos enquanto se concentrava nas de vinte e cinco. 2010. 2003. 1986.

— Vamos, vamos — resmungou.

A porta da oficina se abriu com força.

— Mas que...? — surpreendeu-se Mike ao ver que Kyle chegara primeiro ao pote de moedas.

Mike se ajoelhou e começou a procurar por suas moedas na mesma hora em que Kyle gritou "Achei!", pegando uma de vinte e cinco centavos de 1982 da pilha.

— E a de cinco? — exigiu Mike.

Kyle a puxou de dentro do bolso da camisa.

— Você entrou pela janela? — perguntou uma voz que vinha de fora.

Era Curtis. Ajoelhado no canteiro de flores.

— Sim — respondeu Kyle.

— Eu ia fazer isso. A menor distância entre dois pontos é uma linha reta.

— Não acredito que você ganhou! — choramingou Mike, que não estava acostumado a perder *no que quer que fosse*.

— Bem — disse Kyle, ficando de pé e se gabando um pouco —, acredite, irmão. Porque vocês dois, *perdedores*, terão que devolver toda essa porcaria.

— Eu *não* vou levar isso de volta para o Twinky! — protestou Curtis. Ele segurava uma corda pegajosa de baba e cheia de nós.

— Ah, vai sim — disse Kyle. — Porque você *perdeu*. Aham, claro, você *pensou* em usar a janela...

— Hmm, Kyle? — murmurou Curtis. — Talvez prefira ficar quieto...

— O quê? Ah, pare, Curtis. Não seja um perdedor chorão. Só porque fui eu quem pegou o atalho, chutou o vidro para abrir a janela e...

— Você fez isso, Kyle?

Um novo rosto apareceu na janela.

Era o pai dos meninos.

— He, he, he — riu Mike atrás de Kyle.

— Você quebrou a vidraça? — O pai parecia irritado. — Bem, adivinhe quem vai pagar por uma nova.

Foi por isso que Kyle Keeley teve cinquenta centavos descontados de sua mesada pelo resto do ano.

E ficou de castigo por uma semana.

2

Do outro lado da cidade, a dra. Yanina Zinchenko, bibliotecária famosa em todo o mundo, caminhava rapidamente pelo edifício cavernoso que estava apenas a alguns dias de sua grande inauguração de gala.

A nova biblioteca pública de Alexandriaville estivera em construção por cinco anos. Todo o trabalho fora feito sob extremo sigilo e máxima segurança possível. Uma equipe fez a renovação da fachada do que já fora a construção mais magnífica da pequena cidade de Ohio: o Gold Leaf Bank. Outras equipes — carpinteiros, pedreiros, eletricistas e encanadores — trabalharam no seu interior.

Nenhuma equipe de construção permaneceu no trabalho por mais de seis semanas.

Nenhuma equipe sabia de nada que as demais equipes haviam feito (ou viriam a fazer).

E quando todas essas equipes terminaram, outras, supersecretas (trabalhadores muito bem-pagos que negariam terem se aproximado da biblioteca, de Alexandriaville *ou* do estado de Ohio), furtivamente deram os retoques finais.

A dra. Zinchenko supervisionara o projeto de construção para o seu chefe — um bilionário bastante excêntrico (alguns diriam louco). Somente ela conhecia todas as maravilhas que a nova e incrível biblioteca ofereceria (e esconderia) dentro de suas paredes.

A dra. Zinchenko era uma mulher alta, com cabelos de um vermelho flamejante. Vestia um terno caro feito sob medida, extravagantes sapatos de salto alto, um fone de ouvido sem fio e óculos de aros grossos e vermelhos.

Com os saltos tilintando no chão de mármore, os dedos tocando o vidro de seu tablet supermoderno, a dra. Zinchenko passou pela porta vermelha do centro de controle, por baixo de um arco e entrou na sala de leitura esférica e assustadoramente grande localizada sob a rotunda de altura equivalente a um prédio de três andares.

O edifício bancário, que forneceu o esqueleto para a nova biblioteca, fora construído em 1931. Com altas colunas em estilo coríntio, uma entrada em arco, vários adornos chiques e uma cúpula colossal de ouro brilhante, a construção parecia pertencer à vizinhança dos memoriais triunfantes em Washington, D.C., não às ruas charmosamente antiquadas desta pequena cidade de Ohio.

A dra. Zinchenko parou e olhou para o alto a fim de observar o efeito visual mais deslumbrante da biblioteca: a Cúpula das Maravilhas. Dez telas de vídeo triangulares de alta definição — tão brilhantes quanto as da Times Square — forravam o interior da cúpula como se fossem várias fatias de laranja. Cada uma podia operar independentemente ou como parte de um todo espetacular. A Cúpula das

Maravilhas podia se transformar nas constelações do céu noturno; em um voo pelas nuvens que faria os espectadores abaixo sentirem como se o edifício, de alguma forma, tivesse se erguido do chão; ou, no modo de classificação decimal Dewey, em dez seções exibindo imagens vibrantes, mudando constantemente, associadas a cada categoria no sistema de catalogação da biblioteca.

— Tenho os números finais para o quarto setor da Cúpula das Maravilhas em modo Dewey — disse a dra. Zinchenko para o seu fone sem fio. — 364 ponto 1092. — Ela pronunciou de modo enfático cada palavra; queria ter certeza de que o profissional de vídeo saberia quais números específicos deveriam passar, ocasionalmente, pelo quarto trecho em meio à montagem rodopiante de ciências sociais, a qual exibiria um martelo de juiz flutuante, uma maçã de professor em queda livre e uma suave nevasca de símbolos de datas comemorativas. — Os números, no entanto, não devem aparecer até as onze da manhã de domingo. Está claro?

— Sim, dra. Zinchenko — respondeu a voz metálica em seu ouvido.

Em seguida, estudou as estátuas holográficas projetadas no interior de reentrâncias forradas com renda negra e gravadas nos enormes píeres de pedra; estes sustentavam as janelas arqueadas das quais emergia a Cúpula das Maravilhas.

— Por que Shakespeare e Dickens ainda estão aqui? Eles não constam na lista da noite de abertura.

— Perdão — respondeu o diretor de imagens holográficas da biblioteca, que também estava na chamada em conferência. — Consertarei isso.

— Obrigada.

Saindo da rotunda, a bibliotecária entrou na Sala das Crianças.

Estava escura, com apenas alguns refletores ligados, mas a dra. Zinchenko memorizara o layout das mesas em miniatura e conseguia caminhar, sem topar as canelas, em direção ao Canto de Histórias para uma verificação final em seus gansos recentemente instalados.

O bando de seis gansinhos audioanimatrônicos — robôs emplumados com olhos que pareciam bolas de pingue-pongue (feitos para a biblioteca por criadores que costumavam trabalhar na Disney World) — estavam empoleirados em cima de uma estante angulosa ao canto. A Mamãe Ganso, com seu gorro e óculos de vovó, se encontrava imóvel no centro.

— Aqui é a bibliotecária Um — disse a dra. Zinchenko, alto o suficiente para que os microfones ocultos no teto captassem sua voz. — Iniciar a sequência da hora da história.

Os gansos saltaram com vida mecânica.

— Cantiga de roda.

Os gansos grasnaram "Ciranda Cirandinha" em uma harmonia de seis vozes.

— *A Ilha do Tesouro*?

As aves cantarolaram uma canção de piratas.

A dra. Zinchenko bateu palmas. Os gansos serelepes pararam de cantar e de se mexer.

— Mais uma — disse ela. Semicerrando os olhos para enxergar melhor, viu um livro sobre uma mesa próxima.

— *Válter, o cachorrinho pum*.

Os seis gansos giraram e peidaram, com as penas dos rabos erguendo-se em sincronia com os puns barulhentos.

— Excelente. Fim da hora da história.

Os gansos se encolheram de volta ao modo desligado. A dra. Zinchenko ticou mais uma vez em seu tablet. Sua lista de últimos retoques ficava cada vez menor, o que era algo muito bom. A grande abertura da biblioteca estava marcada para a noite de sexta-feira. A dra. Z e seu exército de sócios tinham apenas alguns dias para corrigir qualquer imperfeição no complexo sistema operacional da biblioteca.

De repente, a dra. Zinchenko ouviu um rugido baixo e grave.

Ao virar-se, deu de cara com os gélidos olhos azuis de um tigre branco extremamente raro.

Ela suspirou e tocou seu fone sem fio.

— Sra. G? Aqui é dra. Z. O que o nosso tigre-de-bengala branco está fazendo no departamento infantil?... Entendi. Aparentemente houve um pequeno mal-entendido. Não o queremos permanentemente posicionado perto d'*O Livro da Selva*. Consulte o número de chamada. 599 ponto 757... Certo. Ele deveria estar na seção de Zoologia... Sim, por favor. Agora mesmo. Obrigada, sra. G.

E, como uma miragem, o tigre desapareceu.

3

É claro que, mesmo de castigo, Kyle Keeley ainda tinha que ir à escola.

— Mike, Curtis, Kyle, hora de acordar! — gritou a mãe da cozinha, no andar de baixo.

Kyle pôs os pés no chão, esfregou os olhos e olhou sonolento para o seu quarto.

O computador, herdado de seu irmão Curtis, estava sobre a mesa, que costumava ser de seu outro irmão, Mike. O tapete no chão, com o logo dos Cincinnati Reds, também fora de Mike quando *ele* tinha doze anos. Os livros alinhados em sua estante já haviam passado pelas de Mike e Curtis, com exceção daqueles que Kyle ganhava todo Natal de sua avó. Ele ainda não lera o do ano anterior.

Kyle não era fã de livros.

A não ser que fossem um manual de instruções ou um guia de jogo de videogame. Ele tinha um PlayStation na sala da família. Não era o PS3 de Blu-ray e alta definição. Era o que Papai Noel trouxera para Mike há uns quatro anos. (Ele mantinha o modelo novo em folha trancado no quarto.)

Mas, ainda assim, velho daquele jeito, o console de quatro anos que ficava na sala funcionava.

Com exceção desta semana.

Bem, *funcionava*, mas o pai de Kyle havia tirado seus privilégios de TV e computador, então, a não ser que quisesse apenas ouvir o zunido do disco rígido, não havia motivo para ligar o PlayStation até o domingo seguinte, quando sua sentença chegaria ao fim.

— Se você fica de castigo nesta casa — dissera seu pai —, você fica *de castigo*.

Se Kyle precisasse de um computador para o dever de casa durante sua última semana na escola, poderia usar o de sua mãe, que ficava na cozinha.

Ela não tinha nenhum jogo em seu computador.

OK, tinha Diner Dash, um simulador de restaurante, mas esse não contava.

Ficar de castigo na família Keeley significava não poder fazer nada a não ser, como seu pai dizia, "pensar sobre o motivo pelo qual você ficou de castigo".

Kyle sabia o que tinha feito: quebrara uma janela.

Mas, ei... também venci meus irmãos mais velhos!

— Bom dia, Kyle — disse sua mãe quando ele entrou na cozinha. Ela estava sentada na mesa de computador, bebendo café e digitando. — Pegue um biscoito para o café da manhã.

Curtis e Mike já estavam na cozinha, devorando os últimos biscoitos gostosos — os de cobertura de cupcake.

Deixaram para Kyle o de açúcar mascavo e canela, sem cobertura. Esses tinham o gosto da caixa em que vinham.

— A nova biblioteca abre na sexta-feira, bem a tempo das férias de verão — murmurou a mãe de Kyle, lendo a tela de seu computador. — Faz doze anos desde que destruíram a antiga. Ouçam isso, meninos: a dra. Yanina Zinchenko, nova chefe da biblioteca pública, promete que "os leitores ficarão surpresos" com o que encontrarão lá dentro.

— É mesmo? — perguntou Kyle, que sempre gostava de uma boa surpresa. — Fico imaginando o que eles têm lá.

— Hmm, livros, talvez? — disse Mike. — É uma *biblioteca*, Kyle.

— Ainda assim — falou Curtis. — Mal posso esperar para ter meu cartão da nova biblioteca!

— Porque você é um nerd — disse Mike.

— Geek, por favor — retrucou Curtis.

— Bem, tenho que ir — disse Kyle, pegando sua mochila. — Não quero perder o ônibus.

Ele saiu correndo porta afora. O que Kyle realmente não queria perder eram seus amigos. Vários deles tinham PSPs e Nintendos 3DS.

E muitos e muitos jogos!

Kyle andou pelo corredor do ônibus cumprimentando seus colegas punho com punho até o seu assento de costume. Quase todo mundo queria dizer oi para ele, com exceção, é claro, de Sierra Russell.

Como sempre, Sierra, que também era aluna do sétimo ano, estava sentada nos fundos do ônibus com seu nariz enfiado em um livro, provavelmente um daqueles sobre garotas que viviam em casinhas campestres ou algo do tipo.

Desde que seus pais se divorciaram e seu pai se mudara da cidade, Sierra Russell se tornara incrivelmente quieta e passava todo o seu tempo livre lendo.

— Camisa maneira — disse Akimi Hughes quando Kyle se sentou ao seu lado.

— Valeu. Era do Mike.

— Não importa. Ainda é maneira.

A mãe de Akimi era asiática; seu pai, irlandês. Ela tinha os cabelos muito compridos e pretos como nanquim, olhos extremamente azuis e uma tonelada de sardas.

— O que está jogando? — perguntou Kyle, porque Akimi estava apertando freneticamente os botões de seu PSP.

— Squirrel Squad — respondeu ela.

— Um dos melhores do sr. Lemoncello — disse ele, que tinha o mesmo jogo em seu PlayStation.

Aquele que não poderia usar por uma semana.

— Precisa de ajuda?

— Nem.

— Cuidado com as colmeias...

— Eu sei das colmeias, Kyle.

— Só estou dizendo...

— Uhul!

— Que foi?

— Passei do nível seis! Até que enfim!

— Irado.

Kyle não mencionou que ele próprio estava no nível vinte e sete. Akimi era sua melhor amiga. Amigos não se gabam uns para os outros.

— Quando atirei os esquilos nos falcões — disse ela —, os pilotos abriram os paraquedas. Se um esquilo mordeu a bunda do piloto, ganhei um bônus de cinquenta pontos.

Sim, no jogo de catapultar bichos do sr. Lemoncello havia todo tipo de piada maluca. Os falcões não eram aves; eram jatos Falcon Fighter F-16. E os esquilos? Eles eram loucos. Totalmente birutas. Seus olhos rodopiavam como redemoinhos. Voavam pelo ar balbuciando de forma ininteligível. Mordiam bundas.

Essa era uma das razões principais pelas quais Kyle considerava incrivelmente legal tudo que vinha da Fábrica de Imaginação do sr. Lemoncello: jogos de tabuleiro, quebra-cabeças, videogames. Para o sr. Lemoncello, um jogo não era um jogo se não tivesse alguns toques divertidamente bobos.

— Então, você pegou o código de bônus? — perguntou Kyle.

— Quê?

— Na imagem congelada ali.

Akimi analisou a tela.

— Vire.

Ela obedeceu.

— Está vendo aquele número no canto? Digite da próxima vez em que a tela principal pedir a sua senha.

— Por quê? O que acontece?

— Você vai ver.

Akimi deu um soco de leve em seu braço.

— O quê?

— Bem, não se surpreenda caso você comece a lançar esquilos *em chamas* no nível sete.

— Você. Tá. Brincando!

— Tente. Você vai ver.

— Vou tentar. Hoje à tarde. Então, escreveu a sua redação para ganhar ponto extra?

— O quê? Qual redação?

— Hmm, a que é para hoje? Sobre a nova biblioteca pública?

— Refresque minha memória.

Akimi suspirou.

— Porque a antiga biblioteca foi destruída doze anos atrás, os doze alunos de doze anos de idade que escreverem as melhores redações sobre "Por Que Estou Animado Com A Nova Biblioteca Pública" vão poder passar a noite na biblioteca nesta sexta-feira.

— Hein?

— Os ganhadores vão passar a noite na nova biblioteca antes que qualquer um possa visitar o lugar!

— Como em *Uma Noite no Museu*? Os livros vão ganhar vida, perseguir as pessoas e coisas do tipo?

— Não. Mas provavelmente vai ter filme de graça, comida, prêmios e *jogos*.

De repente, Kyle ficou interessado.

4

— Então, exatamente sobre que tipo de jogos estamos falando?

— Não sei — disse Akimi. — Algo divertido sobre livros, imagino.

— E acha que essa nova biblioteca vai ter computadores novos também?

— Com certeza.

— Wi-Fi?

— Provavelmente.

Kyle assentiu devagar.

— E tudo isso vai acontecer na noite desta sexta-feira?

— Sim.

— Akimi, acho que você acabou de descobrir um jeito de encurtar o meu castigo mais recente.

— Como assim?

— Meu castigo sem direito a jogos que meus pais me deram.

Kyle considerou que ficar trancado em uma biblioteca com computadores na noite de sexta-feira seria melhor do que em casa sem nada para jogar.

— Pode me emprestar uma caneta e uma folha de papel?

— O quê? Você vai fazer a sua redação agora? No ônibus?

— Antes tarde do que nunca.

— Devem ser entregues no primeiro tempo de aula, Kyle. Assim que chegarmos.

— Tudo bem. Serei breve.

Akimi balançou a cabeça e lhe entregou um caderno e uma caneta. O ônibus sacudiu ao passar por um quebra-molas na entrada da escola.

Ele precisaria fazer aquela redação ser muito, muito curta.

Esperava que os doze ganhadores fossem ser escolhidos aleatoriamente de um chapéu ou algo do tipo, e, como as pessoas da loteria sempre dizem em seus comerciais de TV, você só tivesse que "participar para ganhar".

Enquanto isso, em outra parte da cidade, Charles Chiltington estava sentado na biblioteca de seu pai, trabalhando com o aluno de faculdade que tinha sido contratado para ajudá-lo a melhorar sua redação para ponto extra.

Ele estava vestindo seu típico uniforme escolar: calças cáqui, blazer azul, camisa de botão e uma elegante gravata listrada. Era o único aluno da Alexandria Middle School que se vestia daquela forma.

— Diga um termo complicado para biblioteca — pediu Charles ao seu tutor. — Professores adoram termos complicados.

— Armazém de livros.

— Mais difícil, por favor.

— Hmm... "athenaeum".

— Perfeito! É uma palavra tão estranha que terão que procurá-la no dicionário.

Charles fez a alteração, salvou o arquivo e enviou o documento para a impressora.

— Seu pai com certeza lê bastante — disse seu tutor de Artes da Língua Inglesa, admirando os livros de lombada de couro alinhados nas paredes da biblioteca da casa do sr. Chiltington.

— Conhecimento é poder — afirmou Charles. — É uma das filosofias fundamentais da nossa família.

Outra era: *Nós devoramos perdedores no café da manhã.*

Kyle e Akimi desceram do ônibus e caminharam em direção à escola.

— Sabe — comentou Akimi —, meu pai me disse que as pessoas da biblioteca tinham tipo um zilhão de arquitetos diferentes fazendo desenhos e plantas que não podiam mostrar uns aos outros.

— Como assim?

— Para manter tudo supersecreto. Meu pai e sua empresa fizeram a porta da frente e só isso.

No segundo em que entraram na sala da sra. Cameron, na hora da chamada, Miguel Fernandez gritou:

— Ei, Kyle! Saca só isso, cara. — Ele segurava uma pasta de plástico transparente de talvez seis centímetros de espessura. — Mandei superbem na minha redação!

— O lance da biblioteca?

— É! Coloquei figuras e gráficos, mais uma parte inteira sobre a Antiga Biblioteca de Alexandria, no Egito, já que estamos em *Alexandria*ville, Ohio!

— Maneiro — respondeu Kyle.

Miguel Fernandez era superentusiasmado com tudo. Também era presidente da Sociedade dos Assistentes de Biblioteca.

— Ei, Kyle... sabe o que dizem sobre bibliotecas?

— Hmm, na verdade, não.

— Que elas têm algo para cada capítulo da sua vida!

Enquanto Kyle grunhia, o segundo sinal soava.

— Certo, pessoal — disse a sra. Dana Cameron, a professora de Kyle. — Hora de entregar as suas redações para ponto extra. — Ela começou a caminhar entre as fileiras de carteiras. — A banca avaliadora irá se encontrar essa manhã na sala dos professores para fazer os cortes preliminares.

Droga, pensou Kyle. Haveria uma *banca*. Não seria um sorteio de bolinhas como na loteria.

— Sr. Keeley? — A professora parou na mesa dele. — Você fez a redação?

— Sim. Algo do tipo.

— Perdão. Não entendi. Ou você escreveu a redação ou não escreveu.

Kyle, sem entusiasmo, entregou à professora sua folha de papel rapidamente escrita.

E, infelizmente, a sra. Cameron a leu. Em voz alta.

— Balões. Talvez haja balões.

A turma explodiu em uma risada.

Então a sra. Cameron baixou os óculos até a ponta do nariz e olhou para os alunos, o que fazia para aterrorizar a todos e impor silêncio.

— Esta é a sua redação, Kyle?

— Sim, senhora. Deveríamos escrever sobre o motivo de estarmos animados com a grande inauguração e, bem, balões são sempre a minha parte preferida.

— Entendo — disse a professora. — Sabe, Kyle, seu irmão Curtis escrevia redações excelentes quando era meu aluno.

— Sim, sra. Cameron — murmurou Kyle.

Ela suspirou de modo satisfeito.

— Por favor, envie a ele minhas estimas.

— Sim, senhora.

A professora passou para outra carteira. Miguel entregou com avidez seu livreto grosso.

— Muito bem, Miguel.

— Obrigado, sra. Cameron!

Kyle ouviu um barulho estranho vindo do estacionamento. Um som de golpe, de batida, um tinido.

— Ah, meu Deus — disse a professora. — Será que é *ele*? Ela correu para a janela e abriu as persianas. Todas as crianças da turma a seguiram.

E, então, eles viram.

Lá fora, no estacionamento. Um carro que parecia uma bota vermelha gigante com rodas. Tinha uma faixa preta e dentada de uma sola de bota como para-choque. Cadarços grossos se cruzavam do para-brisa até o topo do cano da bota, de três metros de altura.

— Parece a bota vermelha daquele jogo — disse Miguel. — Loucura em Família.

Kyle assentiu. Loucura em Família era o primeiro jogo do sr. Lemoncello e provavelmente o mais famoso. A bota vermelha era um dos dez peões que você poderia escolher para mover no tabuleiro.

Um homem alto e desengonçado saiu do carro-bota.

— É o sr. Lemoncello! — arquejou Kyle, com o coração acelerado. — O que *ele* está fazendo aqui?

— Acabou de ser anunciado — respondeu, animada, a sra. Cameron. — Esta tarde, o sr. Luigi Lemoncello em pessoa será o avaliador final.

— De quê?

— Das suas redações.

5

Almoçando no refeitório, Kyle olhava para os seus gurjões de peixe murchos, desejando poder usar do nada uma carta mágica de Jogue Outra Vez.

— Estraguei tudo — murmurou.

— Sim — concordou Akimi. — Basicamente.

— Pode imaginar o quão incrível aquela nova biblioteca vai ser se o sr. Lemoncello e sua equipe da Fábrica de Imaginação estiverem envolvidos?

— Sim. Posso. E estou meio que esperando conseguir vê-la também. Afinal de contas, escrevi uma redação de verdade, não só uma frase sobre balões.

— Obrigado. Esfregue na minha cara mesmo.

Akimi abrandou um pouco.

— Ei, Kyle... quando você joga algo como Miserável e tem que voltar três casas, costuma desistir?

— Não. Se tiver que voltar, jogo com mais afinco, porque sei que tenho que encontrar um jeito de recuperar aqueles três espaços *e* passar à frente da galera.

— Ei, pessoal! — Miguel Fernandez carregava sua bandeja para juntar-se a Kyle e Akimi.

Estava sendo seguido por um garoto de cabelos espetados e óculos tão grandes quanto os de um soldador.

— Conhecem Andrew Peckleman, certo?

— Oi — cumprimentaram Kyle e Akimi.

— Olá.

— Andrew é um dos meus melhores assistentes de biblioteca — elogiou Miguel.

— Legal — disse Akimi.

— A sra. Yunghans, a bibliotecária, acabou de confirmar que o sr. Lemoncello é o benfeitor secreto que doou todo o dinheiro para construir a biblioteca pública. Quinhentos milhões de dólares!

— Ela ouviu isso na Rádio Nacional — acrescentou Peckleman, que era meio fanho. — Então fizemos uma pequena pesquisa sobre o sr. Lemoncello e sua conexão com Alexandriaville.

— O que vocês descobriram? — perguntou Kyle.

— Primeira coisa — respondeu Miguel —: ele nasceu aqui.

— Tinha nove irmãos e irmãs — acrescentou Andrew.

— Todos amontoados em um apartamento minúsculo, com apenas um banheiro, em Little Italy — disse Miguel.

— E — informou Peckleman, parecendo querer aparecer mais que Miguel — ele *amava* a antiga biblioteca pública na Market Street. Costumava ir lá quando era criança, precisava de um lugar quieto para pensar e rabiscar suas ideias.

— E, ouça só isto — disse Miguel, ávido —, a sra. Tobin, bibliotecária na época, se interessou pelo pequeno Luigi, mesmo que ele fosse, sabe, uma criança como nós. Mantinha a biblioteca aberta até tarde algumas noites e lhe emprestava um monte de coisas de sua mesa ou de sua bolsa, como dedais, percevejos e frascos de cola, até mesmo botas vermelhas de Barbie; coisas que ele usava como peças de jogo, planejando suas primeiras ideias em uma mesa da biblioteca. Então...

Andrew se intrometeu.

— Então a sra. Tobin levou o rascunho do sr. Lemoncello de Loucura em Família para casa, para mostrar ao marido, que comandava uma gráfica. Eles assinaram alguns papéis e, dentro de alguns anos, todos ficaram milionários.

Mas Miguel teve a última palavra:

— Agora, é claro, o sr. Lemoncello é um zilionário!

— Com o que os quatro nerds estão tão animados? — perguntou Haley Daley enquanto passava com o bando de garotas populares de sua corte real.

Haley era a princesa do sétimo ano. Cabelos loiros, olhos azuis, sorriso tão reluzente quanto uma estrela. Parecia um comercial de pasta de dente ambulante.

— Estamos animados com o sr. Lemoncello! — respondeu Miguel.

— E a nova biblioteca! — acrescentou Andrew.

— E — disse Kyle, em tom melodramático — pela graça de vê-la, Haley.

— Vocês são *muito* imaturos. Vamos, meninas.

Haley e suas amigas seguiram com ostentação rumo à mesa dos populares.

— Dê uma olhada — disse Akimi, gesticulando para a fila do refeitório, onde Charles Chiltington equilibrava duas bandejas: a sua e a da sra. Cameron.

— Estou tão contente por você ter serviço de refeitório hoje, sra. Cameron — disse Chiltington, e Kyle ouviu. — Se não se importar, tenho algumas perguntas sobre de que forma convenções em gêneros, como poesia, teatro ou redações, podem afetar o significado.

— Bem, Charles, eu ficaria feliz em discutir isso com você.

— Obrigado, sra. Cameron. E, permita-me dizer, esse suéter certamente combina com a cor de seus olhos.

— Que puxa-saco — murmurou Akimi. — Chiltington está tentando usar seu charme barato para ter certeza de que a sra. C vai mandar sua redação na frente para o sr. Lemoncello.

— Não se preocupe — disse Kyle. — A sra. Cameron não é a avaliadora final. É o sr. Lemoncello. E já que ele é um gênio, certamente vai escolher as redações que vocês escreveram.

— Sem dúvida — disse Peckleman.

— Valeu, Kyle — agradeceu Miguel.

— Eu só queria que você ganhasse com a gente — disse Akimi.

— Bem, talvez eu ganhe. Como você disse, isso é apenas uma carta para Voltar Três Casas. Um Passeio no Calçadão quando outra pessoa está na frente. Uma ladeira em Ladeiras e Escadas. Um desvio para o Campo de Mel na Terra dos Doces!

— Ei, Kyle — chamou-o Miguel. — Quantos jogos de tabuleiro você já jogou mesmo?

— O suficiente para saber que nunca se desiste até que alguém de fato ganhe.

Ele pegou seu almoço e foi devolver sua bandeja suja.

Akimi gritou para Kyle:

— Aonde você vai?

— Tenho o resto do almoço e o tempo inteiro na sala de estudos para escrever uma nova redação.

— Mas a sra. Cameron não vai aceitar.

— Talvez. Mas tenho que jogar os dados mais uma vez. Vai que eu dou sorte.

— Espero que sim.

— Eu também! Vejo vocês no ônibus!

6

Trabalhando em sua redação sobre a biblioteca como nunca fizera antes em sua vida inteira escrevendo redações, Kyle criou uma frase arrasadora para definir sua tese, comparando bibliotecas a seus jogos preferidos.

"Usar uma biblioteca pode tornar o aprendizado de qualquer coisa (e de tudo) divertido", escreveu. "Quando você está em uma biblioteca, pesquisando um tópico, está em uma caça ao tesouro, procurando por pistas e prêmios em livros em vez de no seu sótão ou quintal."

Ele acrescentou argumentos e subargumentos.

Amarrou tudo com uma conclusão polida e concisa.

Até checou sua gramática (duas vezes).

Mas Akimi estava certa.

— Desculpe, Kyle — disse a sra. Cameron quando ele entregou seu novo texto no final do dia. — Isto está muito bom, e fico impressionada pelo seu esforço extra. No entanto, o prazo era esta manhã. Regras são regras. Assim como em todos os jogos de tabuleiro que você mencionou em sua redação.

Ela praticamente entregou a Kyle uma carta de Volte Quinhentas Casas.

Mas ele se recusou a desistir.

Lembrou-se da vez em que sua mãe escrevera para a Fábrica de Imaginação do sr. Lemoncello quando ele e seu irmão precisaram de um novo pacote de pistas para o Caça ao Tesouro Interna-Externa.

Talvez pudesse enviar sua redação diretamente ao sr. Lemoncello via e-mail.

Talvez, se o criador de jogos não fosse avaliar os textos até tarde daquela noite, Kyle ainda tivesse uma chance. Uma chance remota, mas, ei, às vezes essas são as únicas que você tem.

No segundo em que chegou em casa, sentou-se diante do computador de sua mãe, na cozinha. Anexou o arquivo de sua redação a um e-mail de "alta prioridade" endereçado ao sr. Lemoncello na Fábrica de Imaginação.

— O que está fazendo, Kyle? — perguntou sua mãe quando entrou na cozinha e o encontrou digitando em seu computador.

— Dever de casa valendo ponto extra.

— Ponto extra? Mas a escola termina no fim da semana.

— E daí?

— Você não está jogando o meu Diner Dash, está?

— Não, mãe. É uma redação. Sobre a nova biblioteca incrível do sr. Lemoncello no centro da cidade.

— Ah. Parece interessante. Ouvi no rádio que vai ter uma recepção de gala na noite de abertura, sexta-feira no

Parker House Hotel logo em frente ao antigo prédio do banco. Digo, da *nova* biblioteca.

Kyle digitou um P.S. em seu e-mail: "Espero que tenha balões em sua festa na sexta-feira."

Ele apertou "enviar".

— Para quem você enviou essa redação? — perguntou sua mãe. — Sua professora?

— Não. Para o próprio sr. Lemoncello. Precisei pesquisar um pouco, mas encontrei seu endereço de e-mail no site da empresa de jogos dele.

— É mesmo? Estou impressionada. — Sua mãe acariciou o cabelo do filho. — Sabe, esta manhã eu disse para o seu pai: "Kyle pode ser tão inteligente quanto Curtis e tão focado quanto Mike... *quando* se dedica."

Ele sorriu.

— Obrigado, mãe.

Mas seu sorriso rapidamente desapareceu quando um *BONG!* o alertou sobre um novo e-mail.

Do sr. Lemoncello.

Era uma resposta automática.

Prezado Admirador dos Jogos Lemoncello:

Este endereço não responde mensagens. Seu e-mail não foi recebido. Não tente enviá-lo novamente ou apenas ouvirá outro *BONG!* Mas obrigado por jogar nossos jogos.

7

Voltando para a escola na terça-feira, Kyle sabia que precisava manter-se confiante.

Sorriu enquanto caminhava com a sua turma em direção ao auditório para uma assembleia especial no primeiro horário da manhã. Aquela na qual o sr. Luigi L. Lemoncello, em carne e osso, anunciaria os ganhadores do Concurso de Redações Para A Noite na Biblioteca.

— Espero que ele tenha escolhido a sua — sussurrou Kyle para Akimi.

— Obrigada. Eu também. Mas a noite não vai ser tão divertida sem você.

— Bem, quando acabar, e a biblioteca estiver oficialmente aberta, você pode me levar para uma visita.

— É exatamente o que vou fazer! *Se* eu ganhar.

— Se você não ganhar, vou mandar um esquilo flamejante atrás da sra. Cameron.

Para essa assembleia, os alunos do sétimo ano, a maioria com doze anos, receberam ordens de se sentar nas fileiras da frente, próximas ao palco. Isso fez Kyle sentir-se um pouco melhor. Pelo menos teria a chance de ver o sr. Lemoncello de perto.

Mas seu herói nem ao menos estava no palco.

Estavam apenas o diretor, a bibliotecária da escola, a sra. Yunghans, e uma mulher ruiva com sapatos de salto alto. Kyle não a reconhecia. Estava sentada ereta, como se alguém tivesse encaixado uma régua na parte de trás de seu terno vermelho-vivo. Seus óculos eram da mesma cor.

— Aquela é a dra. Yanina Zinchenko! — exclamou Miguel Fernandez, que estava sentado do lado direito de Kyle.

— Quem é ela? — perguntou Akimi, sentada do lado esquerdo.

— Só a bibliotecária mais famosa do mundo inteiro!

— Muito bem, meninos e meninas — disse o diretor, diante do púlpito. — Acalmem-se. Silêncio, por favor. É uma grande honra apresentar a chefe da nova biblioteca pública de Alexandriaville, dra. Yanina Zinchenko.

Todos aplaudiram. A mulher alta vestida de vermelho caminhou até o microfone.

— Bom dia.

Sua voz era sussurrante, com um leve sotaque russo.

— Há doze anos, esta cidade perdeu sua única biblioteca pública quando foi demolida para dar lugar a um edifício-garagem. Na época, muitos disseram que a internet tornara obsoleta a "antiquada" biblioteca; que um novo estacionamento atrairia consumidores para as butiques e lojas de vestidos próximas ao prédio do antigo banco. Mas a demolição da biblioteca também fez com que vocês, que agora têm doze anos, vivessem suas vidas inteiras *sem* uma biblioteca pública.

Ela olhou para baixo, para as fileiras da frente.

— É por isso, para dar início ao nosso programa de leitura de verão, que doze alunos de doze anos serão selecionados para serem os primeiros a explorar as maravilhas que aguardam no interior da extraordinária biblioteca nova do sr. Lemoncello. Vocês precisarão, claro, da autorização de seus pais. Temos cartas para vocês levarem para casa. Também precisarão de um saco de dormir, uma escova de dente e, se quiserem, uma muda de roupas.

Ela sorriu misteriosamente.

— Talvez queiram levar *dois* pares de roupas de baixo.

Ok, pensou Kyle. *Isso é bizarro*. A bibliotecária realmente achava que alunos do sétimo ano não sabiam ir ao banheiro?

— Haverá filmes, comida, diversão, jogos e prêmios. Além disso, cada um de nossos doze ganhadores receberá um cartão-presente de quinhentos dólares para a compra de jogos e acessórios Lemoncello.

Ai, caramba. Quinhentas pratas em jogos e acessórios? Kyle afundou um pouco em seu assento. Da próxima vez que alguém pedisse uma redação para ponto extra, ele a entregaria com *antecedência!*

— E agora, aqui para anunciar nossos ganhadores, o homem por trás da nova biblioteca, o mestre dos jogos em carne e osso... o sr. Luigi Lemoncello!

A dra. Zinchenko gesticulou para a sua esquerda.

O auditório inteiro virou a cabeça.

As pessoas aplaudiram, assobiaram e gritaram.

Mas ninguém apareceu.

O aplauso se esvaiu.

E então, do outro lado do palco, Kyle ouviu um barulho bastante peculiar.

Era um misto de arroto e o som guinchante de um brinquedo de apertar.

8

Na lateral do palco, um sapato que parecia uma banana descascada apareceu de trás de uma cortina.

Quando pisou, fez um som de arroto com guincho.

No instante em que um segundo sapato de banana arrotou-guinchou no chão, Kyle olhou para cima, e lá estava ele... o sr. Lemoncello! Ele tinha membros soltos e frouxos e vestia um terno preto com uma gravata vermelho-vivo. Seu chapéu preto de aba larga estava inclinado em um ângulo torto no topo de seus cabelos cacheados e brancos. Kyle estava tão perto que podia ver um brilho astuto nos olhos negros como carvão do sr. Lemoncello.

Caminhando com muito cuidado, o homem foi em direção ao púlpito. O barulho dos sapatos parecia mudar de tom de acordo com a força de seus calcanhares. Ele fez alguns passos de sapateado, deu um pequeno salto, mais alguns movimentos ritmados, e, sim, seus sapatos estavam tocando uma música.

"Pop Goes The Weasel."

Na hora do *Pop!*, o sr. Lemoncello surgiu atrás do pódio. A multidão enlouqueceu.

O homem educadamente fez uma reverência e disse, muito, muito suavemente:

— Obrigado. Obrigado. *Grazie. Grazie.*

Inclinou-se para que sua boca chegasse talvez a uns dois centímetros do microfone.

— *Buongiorno*, mení-nos e mení-nas. — Ele falava de um jeito muito tímido, muito devagar. — Foi assim-ah que mia mama e mio papa me ensináron a falare o inglês-e.

Ele mexeu as orelhas. Endireitou a postura.

— Mas, então — disse, com uma voz nítida e clara —, eu fui até a Biblioteca Pública de Alexandriaville, onde uma bibliotecária maravilhosa chamada sra. Gail Tobin me ajudou a aprender a falar assim: "Em um ninho de mafagafos tinha sete mafagafinhos. Quem desmafagafizar esses mafagafinhos, bom desmafagafizador será." Também consigo falar de cabeça para baixo e debaixo d'água, mas hoje não, porque acabei de lavar meu terno a seco e *não* o quero molhado.

O sr. Lemoncello pulou pelo palco como se fosse um gafanhoto feliz.

— Então, crianças, se me permitirem chamá-las assim, até porque não memorizei ainda o nome de todos, embora *esteja* trabalhando nisso, o que vocês acham que será a coisa mais maravilhosamente incrível que encontrarão dentro de sua nova e fantástica biblioteca, além, é claro, de todo o conhecimento de que precisam para fazer tudo que venham a querer ou precisar?

Ninguém disse nada. Estavam impressionados demais com o jeito ágil de falar do sr. Lemoncello.

— Seria: A) robôs se movendo silenciosamente pela biblioteca, reabastecendo as prateleiras, B) o Centro Eletrônico de Aprendizado, com três dúzias de televisões de tela de plasma, todas conectadas a simuladores de voo e videogames educacionais, ou C) a Cúpula das Maravilhas, revestida com dez telas de vídeo gigantes, capazes de fazer com que o prédio inteiro pareça um foguete entrando no espaço sideral?

— A sala de jogos! — gritou alguém.

— Os robôs!

— A cúpula de vídeo!

O sr. Lemoncello correu de volta ao pódio e fez um zumbido alto no microfone.

— Perdão. A resposta certa é... D) todas as alternativas anteriores!

A multidão foi à loucura.

O sr. Lemoncello virou para sua bibliotecária-chefe.

— Dra. Zinchenko? Poderia me ajudar a distribuir nossos doze primeiros cartões da biblioteca?

Chegara o momento de anunciar os ganhadores do concurso de redação.

A dra. Zinchenko colocou uma pilha de doze cartões brilhantes no pódio diante do sr. Lemoncello.

— Por favor — disse ele —, assim que eu chamar o seu nome, junte-se a mim no palco. Miguel Fernandez.

— Oba! — Miguel pulou de seu assento.

— Akimi Hughes.

— Uhul!

Kyle ficou animado em ver seus dois amigos serem os primeiros chamados ao palco.

— Andrew Peckleman, Bridgette Wadge, Sierra Russell, Yasmeen Smith-Snyder.

Yasmeen soltou um gritinho ao ouvir seu nome sendo chamado.

— Sean Keegan, Haley Daley, Rose Vermette e Kayla Corson.

Dez crianças, todas da mesma idade de Kyle, estavam no palco com o seu ídolo, o sr. Lemoncello. Ao contrário de Kyle. Somente mais duas chances.

Como se lesse sua mente, o sr. Lemoncello disse:

— Apenas mais dois — bateu de leve um par de cartões no pódio. — Charles Chiltington.

— Ai, meu Deus, sério? — Ele correu até o pódio e começou a balançar entusiasmadamente a mão do sr. Lemoncello. — Obrigado, senhor. É uma imensa honra. Realmente. De verdade.

— Obrigado, Charles. Posso ter minha mão de volta? Preciso dela para virar este último cartão.

— Certamente, senhor. Mas mal posso esperar para passar a noite em sua biblioteca, ou, como gosto de chamar, seu *athenaeum*. Porque, conforme disse em minha redação, quando você abre um livro, abre sua mente!

Finalmente, Charles, o puxa-saco, largou a mão do sr. Lemoncello e foi se alinhar com os demais ganhadores.

— E, por último, mas não menos importante — disse o sr. Lemoncello —, Kyle Keeley.

Kyle não pôde acreditar em seus ouvidos. Pensou que estivesse sonhando.

Mas então Akimi começou a acenar para que ele subisse ao palco!

Atordoado, Kyle subiu os degraus para se juntar aos outros. O sr. Lemoncello entregou a ele um cartão da biblioteca. Seu nome e o número doze estavam impressos na frente. Duas capas de livros — *Diário Absolutamente Verdadeiro de um Índio de Meio-Expediente* e *A Árvore Generosa* — estavam na parte de trás.

— Vamos posar para uma foto, por favor — pediu o diretor.

Quando todos se posicionaram para o fotógrafo, Kyle se viu de pé *bem ao lado* do sr. Lemoncello.

Ele engoliu em seco.

— Eu sou um grande fã, senhor — disse ele, com a voz meio trêmula.

— Oh, obrigado. E me recorde... você é?

— Kyle, senhor. Kyle Keeley.

— Ah, sim. O garoto que provou o que eu sempre considerei ser verdade: o jogo nunca acaba até chegar ao fim. *BONG!*

9

Kyle mal podia esperar para contar as boas notícias para a sua família.

— Eu ganhei o concurso de redação!

Ele mostrou seu brilhante cartão da nova biblioteca.

— Parabéns! — disse sua mãe.

— Muito bem! — falou seu pai.

Seus irmãos, Curtis e Mike, estavam mais interessados no outro cartão de Kyle: o de quinhentos dólares em presentes Lemoncello.

— Vale por doze meses — informou Kyle.

— Mas precisa usá-lo *agora* — incitou Mike. — Precisamos ir à loja esta noite para você comprar para mim o Hóquei Maluco do sr. Lemoncello.

— Não posso.

— Por que não?

— Tenho que mostrar meu cartão da biblioteca na loja para poder comprá-lo.

— E?

— Hmm, estou de castigo, lembra?

— Sabe, Kyle — disse seu pai, olhando para a esposa, que assentiu —, já que trabalhou tanto e mandou tão bem na sua redação, acho que podemos considerar tirá-lo do castigo.

— Mesmo?

— Mesmo.

Seus pais sorriram para ele.

Do mesmo jeito que sorriam quando Mike ganhava uma partida de futebol ou quando Curtis ganhava a feira de ciências.

Depois do jantar, os cinco Keeley entraram na van da família e foram até a loja de brinquedos local.

— O jogo de hóquei do sr. Lemoncello é incrível — disse Mike no caminho para a loja. — Principalmente quando os pinguins jogam contra os ursos polares.

— Estou torcendo para encontrar um jogo clássico de tabuleiro — comentou Curtis. — Bibliomania Desconcertantemente Desorientadora do sr. Lemoncello.

— Isso é sobre a Bíblia? — perguntou o pai, atrás do volante.

— Não exatamente — respondeu Curtis —, embora a Bíblia, especialmente uma rara edição Gutenberg, seja um dos tesouros que você deva encontrar e coletar, porque o objetivo do jogo é achar livros raros e valiosos de...

— Os pinguins do Hóquei Maluco não são de Pittsburgh como na NHL — disse Mike, interrompendo Curtis. — São da Antártica. E os ursos polares? Do Alasca.

Kyle tinha decidido dividir seu cartão-presente em cinco partes a fim de dar a todos — incluindo seus pais — cem dólares para gastar.

Assim que entrou na loja de brinquedos, a família se dividiu, cada um passeando pelos corredores com seu próprio carrinho de compras. Sua mãe faria um upgrade para o Correria de Restaurante do sr. Lemoncello. Seu pai procurava por um complicado jogo histórico da série "E Se?": E Se Os Romanos Tivessem Ganhado A Guerra Civil Americana?

Kyle acompanhou Curtis e Mike por um tempo. Ser o dono do cartão-presente o fez se sentir como se fosse o irmão mais velho *deles*.

Mike rapidamente encontrou seu jogo de hóquei para PlayStation, e Curtis estava no paraíso dos geeks quando finalmente achou o Bibliomania.

— Eles só têm um sobrando! — exclamou, rasgando a embalagem de papel celofane e abrindo a tampa. Sentou-se no meio da loja e desdobrou o tabuleiro sobre o colo. — Veja só, você começa embaixo da rotunda nessa sala circular de leitura. Depois vai para o andar de cima e entra em cada uma dessas dez câmaras, onde tem que responder a uma pergunta sobre um livro...

— Hmm, acho que ouvi mamãe me chamar — disse Kyle. — Ela deve estar precisando do cartão-presente. Divirta-se!

E foi embora.

— *A loja fechará em quinze minutos* — anunciou uma voz dos autofalantes no teto.

Kyle voou para lá e para cá pelos corredores e agarrou alguns jogos de tabuleiro que ainda não tinha, incluindo

o Absolutamente Incrível Cavalo de Ferro do sr. Lemoncello, um jogo no qual você constrói sua própria ferrovia
transcontinental, completa com peças de locomotivas que
soltam vapor de verdade.

Enquanto Kyle fazia uma conta rápida para saber se já
teria gastado seus cem dólares, Charles Chiltington entrou
no corredor com um carrinho lotado de itens que deveriam
somar *quinhentos* dólares. Jogos em cima de jogos estavam
praticamente transbordando pelas laterais. O Enigma
Fenomenal de Imagens e Palavras do sr. Lemoncello, um
dos preferidos de Kyle, balançava no topo.

— Olá, Keeley — disse Chiltington com um sorriso
zombeteiro. Olhou para os três jogos no fundo do carrinho
de Kyle. — Começou agora?

— Não. Dividi meu cartão-presente com a minha família.

— Sério? Bem, isso foi um erro, não foi?

Kyle estava prestes a responder quando Chiltington disse:

— Até mais. Vejo você na sexta.

Kyle não estava cem por cento certo disso, mas Charles
parecia também ter murmurado "perdedor".

Já que a loja estava prestes a fechar, Kyle se dirigiu para
os caixas. Quando passou pelo departamento de atendimento ao consumidor, viu Haley Daley.

— Não — Kyle a ouviu dizer em um tom baixo para o
funcionário do setor de devoluções. — Eu não quero devolver estes itens e receber *crédito da loja*. Prefiro dinheiro.

Kyle finalmente encontrou sua família, mostrou o cartão
da biblioteca ao caixa e pagou tudo com uma única passada
de seu cartão-presente.

— Sabe, filho — disse seu pai enquanto a família caminhava pelo estacionamento —, sua mãe e eu estamos

extremamente orgulhosos de você. Escrever uma boa redação não é fácil.

— Talvez, um dia, você seja um escritor — acrescentou a mãe. — Então poderia escrever livros que ficarão nas prateleiras da nova biblioteca.

— Obrigado, irmãozinho — agradeceu Curtis, praticamente abraçando sua caixa do Bibliomania.

— É — concordou Mike. — Isso foi incrível. Bela vitória para o time!

— Foi a melhor "noite de jogos em família" — brincou o pai.

Kyle estava aproveitando seu raro momento de glória, bancando o Papai Noel para a família inteira. À medida que a semana se arrastava, a noite de sexta-feira na biblioteca começava a lembrá-lo do Natal também: parecia nunca chegar.

Até que, finalmente, chegou.

10

— Isso é o que eu chamo de festa — disse a mãe de Kyle enquanto se servia de um camarão enrolado com bacon de uma bandeja servida por um garçom vestindo smoking.

Kyle e seus pais estavam em um salão lotado do Parker House Hotel para a Grande Recepção de Gala da Inauguração da Biblioteca Lemoncello. O Parker House ficava do outro lado da rua do antigo prédio do Gold Leaf Bank e do conjunto de escritórios, lojas de artesanato, roupas e restaurantes chamado Old Town.

— Verei se consigo encontrar Akimi — disse Kyle aos pais.

— Dê a ela os nossos parabéns! — pediu sua mãe.

— Estamos orgulhosos *dela* também — acrescentou seu pai.

Kyle caminhou pelo mar cintilante de adultos bem-vestidos.

Embora seus pais tenham escolhido roupas elegantes para a recepção, ele vestia "algo confortável para explorações", conforme recomendava o Guia da Noite que recebera na quarta-feira. Ele tinha embrulhado um saco de dormir e uma pequena mala com uma muda de roupa, artigos de banheiro e, sim, como pedido, um par extra de roupas de baixo.

Kyle avistou Sierra Russell sozinha em um canto próximo a um amontoado de cortinas. Não parecia que sua mãe viera para a festa com ela. Sierra, obviamente, estava com o nariz enfiado em um livro. Kyle balançou a cabeça. A garota estava prestes a passar a noite em um prédio cheio de livros e negava toda aquela comida e refrigerantes grátis só para ler? Era simplesmente loucura.

Haley Daley, usando uma blusa resplandecente, posava para um paredão de fotógrafos que queriam uma foto dela. Sua mãe também estava na festa. Enquanto as câmeras estavam focadas no sorriso de Haley, a sra. Daley embrulhou alguns kebabs de frango em um guardanapo e os colocou dentro de sua bolsa.

Agora Kyle viu Charles Chiltington. O pobre garoto não parecia ter lido o lembrete sobre roupas confortáveis. Ainda estava usando suas calças cáqui e blazer, assim como seu pai. Kyle deduziu que a família Chiltington deveria ter umas trezentas calças daquelas com pregas.

— Oi, Kyle!

Akimi acenou para ele de perto de um arbusto falso que estava encurvado para parecer um daqueles canudos dobráveis.

— Oi — disse Kyle.

— Lembrou-se de trazer o seu cartão da biblioteca?

— Aham.

Kyle o retirou do bolso.

— Hmm — disse ela. — Os livros na parte de trás do meu são diferentes. *1984*, de George Orwell, e *Ninoca Vai Nadar*, de Lucy Cousins.

— Acho que são como cartões de beisebol — opinou Kyle. — São todos diferentes.

— Olá, pessoal! — cumprimentou Miguel Fernandez, mais animado do que o normal (o que já era muito), embrenhando-se através da multidão para se juntar aos amigos. — Já provaram essas coisas fofinhas de queijo?

— Não — respondeu Kyle. — Estou comendo apenas o que reconheço.

— As "coisas fofinhas de queijo" são chamadas de tarteletes — informou Andrew Peckleman, unindo-se ao grupo.

— Hmm. Bom saber — disse Kyle.

Um garçom passou com uma bandeja cheia de caixinhas dos Biscoitos Anagramas de Presunto do sr. Lemoncello.

— Ah, eu amo esses biscoitos — disse Kyle, pegando uma caixinha da travessa e abrindo-a. — Eles vêm no formato de letras. Você tem que ver quantas palavras consegue formar.

— Maneiro — disse Miguel, tirando um punhado de biscoitos da caixa de Kyle. — O gosto também é bom!

— Sim — concordou Kyle. — Mas quanto mais você come, mais difícil o jogo fica.

— Por quê? — perguntou Andrew Peckleman.

— Menos letras — respondeu Akimi, pegando dois "B" e um "Q" e os devorando. — Mmm. Sabor churrasco.

Kyle espalhou os biscoitos restantes na palma da mão: R I V A T E D I S. Ele sorriu ao decifrar um anagrama fácil.

— "DIVIRTA-SE". Legal.

— Damas e cavalheiros? Meninos e meninas? — A dra. Zinchenko, vestida com um terno vermelho-vivo, caminhou para o centro do salão. — Posso ter sua atenção, por favor? O sr. Lemoncello chegará em breve para dizer algumas palavras. Depois disso, acompanharei os doze ganhadores do concurso de redação à biblioteca, do outro lado da rua. Portanto, crianças, posso sugerir que comam bastante? Comida e bebida não são permitidos em nenhum lugar da biblioteca, a não ser no Café Cantinho Literário, convenientemente localizado no primeiro andar.

Miguel pegou mais algumas coisas fofinhas de queijo.

Quando pensou que ninguém estava olhando, a sra. Daley enfiou um monte de camarões enrolados com bacon em guardanapos dentro de sua bolsa.

Akimi mordeu alguns palitinhos de pretzel cobertos de chocolate.

— Você não vai pegar mais nada para comer? — perguntou para Kyle.

— Não, obrigado. Só gosto de comida com a qual eu possa brincar.

— Mais uma coisa — anunciou a dra. Zinchenko. — Nós, obviamente, queremos que nossos vencedores se divirtam esta noite. No entanto, devo insistir para que cada um de vocês respeite minha regra número um: sejam gentis. Uns com os outros e, especialmente, com os livros e peças da biblioteca. Podem fazer isso por mim?

— Sim! — gritaram todos os ganhadores, com exceção de Charles Chiltington. Ele disse "indubitavelmente".

— Ainda bem que a biblioteca tem dicionários — murmurou Akimi. — Boa parte do tempo, é a única maneira de saber o que Chiltington está falando.

De repente, todos os adultos no salão começaram a aplaudir.

O sr. Lemoncello, parecendo uma vareta vestida com um fraque e usando um minúsculo chapéu de aniversário no formato de um capacete de bombeiro, entrou no salão por uma porta lateral.

— Obrigado, obrigado — agradeceu, esticando o elástico para erguer seu chapéu de criança e o inclinando em direção à multidão. — Vocês são muito gentis.

Quando ele largou o chapéu, este voltou para a sua cabeça com um forte *PLEC!*

— Como a dra. Zinchenko informou a vocês, eu gostaria de dizer algumas breves palavras. Aqui estão elas: "curto", "memorando" e "roupas de baixo". E façamos uma pausa para relembrar as imortais palavras do Dr. Seuss: "Quanto mais você ler, mais vai aprender. Quanto mais você aprender, mais lugares vai visitar". Crianças...?

O sr. Lemoncello gesticulou com o braço em direção às portas do salão.

— É hora de atravessar a rua. Sua incrivelmente espetacular e nova biblioteca os aguarda!

11

Ávidos para ver o que havia dentro da nova biblioteca, os doze ganhadores do concurso de redação rapidamente se juntaram atrás da dra. Zinchenko.

— Por aqui, crianças — disse a bibliotecária-chefe. — Sigam-me.

A multidão vibrou enquanto eles saíam do salão, todos carregando seus sacos de dormir e malas. Houve mais comemoração (e alguns gritos e berros) quando chegaram ao lobby do hotel e saíram pelas portas giratórias em direção à rua.

A nova biblioteca pública, com sua cúpula dourada e reluzente, ocupava meio quarteirão, sua parte de trás dando para uma antiquada torre de escritórios. A construção era uma fortaleza quadrada: três andares com grandiosas colunas que pareciam aparadores de livros, porque as paredes sem janelas haviam sido pintadas de forma a parecer uma fileira gigante de volumes alinhados em uma prateleira.

— É como um majestoso templo grego— exclamou Miguel.

— E a maior estante de livros do mundo — acrescentou Sierra Russell, que finalmente havia guardado o seu exemplar.

Cordas de veludo delineavam um caminho através da Rua Principal, que levava a um tapete vermelho, seguido por um lance de degraus até a entrada em arco e a porta da frente de aço pesado (para não mencionar *redonda*).

Kyle não pôde evitar sorrir quando viu o que estava amarrado aos corrimãos de ambos os lados dos degraus: balões!

Um brutamontes enorme — talvez com um metro e noventa e cinco de altura e cento e treze quilos —, usando óculos escuros e um blazer preto, estava parado diante da porta circular da biblioteca, que tinha diversas válvulas grandes como as das comportas de submarinos. O musculoso guarda tinha um penteado rastafári, com mechas longas que mais pareciam cordas.

— Qual é a daquela porta? — perguntou Haley Daley, que, é claro, havia aberto caminho pelo meio de todos para ficar na frente. — Parece ter vindo de um cofre de banco ou algo do tipo.

— É a porta do cofre acessível aos clientes do antigo Gold Leaf Bank — respondeu a dra. Zinchenko. — Pesa vinte toneladas.

Akimi se virou e sussurrou:

— Meu pai fez o design da estrutura de suporte dessa coisa. Dê uma olhada nas dobradiças.

Kyle assentiu. Ele estava impressionado.

— Por que a porta de um cofre? — perguntou Kayla Corson.

— Porque — respondeu a dra. Zinchenko —, em uma noite de sábado, quando o sr. Lemoncello tinha a sua idade, ele estava trabalhando na antiga biblioteca pública na Market Street. Ele estava tão perdido em seus pensamentos que não ouviu as sirenes quando viaturas da polícia passaram pela biblioteca em direção ao banco, onde um alarme de roubo tinha acabado de ser acionado. Essa porta serve como um lembrete para todos nós: nossos pensamentos estão a salvo quando se encontram dentro de uma biblioteca. Nem mesmo um assalto a banco pode perturbá-los.

Miguel assentia como um louco. Ele se identificava.

— E também nos ajuda a manter seguros os nossos tesouros mais valiosos.

— Não tem nenhuma janela — observou Andrew Peckleman. — Provavelmente para impedir que ladrões de banco entrem. Mas vocês não deveriam ter colocado janelas quando transformaram o prédio em uma biblioteca?

— Uma biblioteca não precisa de janelas, Andrew. Temos livros, que são janelas para mundos que nunca sonhamos serem possíveis.

— Um livro aberto é uma mente aberta — acrescentou Charles Chiltington. — É o que eu sempre digo.

A dra. Zinchenko tirou do bolso um cartão de notas vermelho-vivo.

— Antes de entrarmos, por favor, escutem com muita atenção. "Seus cartões da biblioteca são as chaves para tudo de que precisarão" — leu ela. — "A equipe da biblioteca está aqui para ajudá-los a encontrar o que quer que estejam procurando."

Ela sorriu de leve, colocou o cartão de volta dentro de seu bolso, virou-se para o segurança e disse:

— Clarence? Pode fazer as honras?

— Com prazer, dra. Z.

Clarence girou uma manivela gigante, virou uma outra e rodou uma terceira.

Sem fazer barulho, a porta de vinte toneladas se abriu.

A primeira coisa que Kyle pôde ver foi um chafariz no meio de um grande saguão de mármore branco e brilhante. A fonte tinha uma estátua em tamanho real do sr. Lemoncello, parado sobre uma vitória-régia, em um raso espelho d'água de uns três metros de largura. Sua cabeça estava inclinada para trás de modo que a água jorrasse de sua boca formando um arco.

Kyle notou uma citação gravada no pedestal da estátua: O CONHECIMENTO QUE NÃO É DIVIDIDO PERMANECE DESCONHECIDO. — LUIGI L. LEMONCELLO.

Além do chafariz, depois de uma passagem arqueada, ficava uma enorme sala cheia de carteiras.

Quando todos haviam se juntado no hall de entrada, a dra. Zinchenko se virou para o segurança.

— Clarence?

Clarence arrastou a porta pesada de aço e a fechou. Kyle ouviu o zunido das rodas girando, o tinido das roldanas e um golpe reverberante.

— Uau! — exclamou Miguel. — Isso que é ficar trancado!

— Estarei no centro de controle, dra. Z — informou o segurança.

— Muito bem, Clarence.

O homem desapareceu por trás de uma porta vermelha.

— Agora, então, crianças — disse a bibliotecária —, sigam-me todos até a Sala de Leitura da Rotunda.

Enquanto o restante do grupo começava a preencher a gigantesca sala circular, Kyle deu uma olhada em uma vitrine ao lado da porta vermelha. Uma placa acima dizia: "Escolhas da Equipe: Nossas Leituras Mais Memoráveis". Uma dúzia de livros estavam alinhados em quatro prateleiras.

Uma capa no meio da fileira de baixo chamou a atenção de Kyle. Mostrava um jogador de futebol americano, usando uma camisa com o número dezenove. Kyle fez uma nota mental do título: *Johnny Unitas e Eu*. Na manhã seguinte, quando a noite na biblioteca tivesse acabado, talvez ele usasse seu cartão de biblioteca para retirar o livro para o seu irmão mais velho, Mike.

— Uau!

Todos exclamaram ao entrar na Sala de Leitura da Rotunda e olhar para cima. A parte inferior inteira da cúpula parecia o espaço como se visto do telescópio Hubble: uma nebulosa de poeira em espiral crescia para o alto, uma galáxia de estrelas brilhava e meteoritos cruzavam o teto.

— Oooh!

As imagens espaciais na cúpula se dissolveram em dez painéis distintos, cada um se tornando um display de gráficos serpenteantes.

— Aquelas são as dez categorias da classificação decimal de Dewey — sussurrou Miguel, soando impressionado. — Está vendo o painel com a Cleópatra, o cara escalando a montanha e o navio viking navegando por perto? Aquilo é de 900 até 999. História e Geografia.

— Maneiro — disse Kyle.

Debaixo de dez telas em nichos arqueados estavam estátuas incríveis em 3D emitindo uma luz verde fantasmagórica.

— Acredito que aquelas sejam projeções holográficas — disse Andrew Peckleman, acenando para uma estátua que acenava de volta para ele.

A sala debaixo da cúpula era enorme. Circular, com uma mesa redonda no centro que estava cercada por quatro anéis de carteiras de leitura.

Kyle viu que metade da rotunda estava repleta de estantes de livros, que iam do chão ao teto. A outra metade tinha sacadas no segundo e no terceiro andares que o lembravam do átrio aberto de um hotel no qual ele e sua família ficaram hospedados uma vez.

Enquanto todos estavam pasmos com a arquitetura, a dra. Zinchenko disse as palavras que Kyle estava esperando para ouvir o dia todo:

— Quem está pronto para o nosso primeiro jogo?

12

— Será que todos poderiam formar uma fila atrás daquela mesa mais longe, em frente à Sala das Crianças? — pediu a dra. Zinchenko, gesticulando para uma das mesas de madeira no anel mais externo da sala.

— Quantos de vocês conhecem o jogo de tabuleiro clássico do sr. Lemoncello chamado Corra até o Topo do Monte?

Doze mãos lançaram-se para o alto.

— Muito bem — disse a dra. Zinchenko.

No alto, a Cúpula das Maravilhas se dissolveu em um cume gigante e encurvado do Monte.

— Essa será uma versão viva e tridimensional desse jogo. Cada um de vocês receberá uma pergunta sobre conhecimentos gerais. Se souberem responder corretamente, jogarão os dados e avançarão o número equivalente de mesas. Quando retornarem ao ponto inicial, seguirão para o próximo círculo concêntrico de mesas. Ao completar um anel, seguirão para o próximo e assim por diante. Se algum de vocês conseguir percorrer o caminho todo até a minha mesa ao centro, será declarado o vencedor.

— Mas não temos nenhum dado — disse Yasmeen Smith-Snyder.

— Têm sim. Estão vendo aquele painel de vidro fosco no centro da mesa? Na verdade, trata-se um computador *touchscreen*, no momento rodando o aplicativo de jogar dados do sr. Lemoncello. Apenas deslizem e toquem com os dedos no vidro para lançarem os dados animados.

A dra. Zinchenko colocou uma pilha de cartas vermelhas em sua mesa. Parecia a apresentadora de um programa de auditório.

— Antes de começarmos, alguém tem alguma pergunta?

Charles Chiltington levantou a mão.

— Sim, sr. Chiltington?

— O que o vencedor ganhará? Afinal de contas, o prêmio é a parte mais importante de qualquer jogo.

Kyle não concordava totalmente, mas estava animado demais quanto ao jogo para dizer alguma coisa.

— O primeiro prêmio da noite — disse a dra. Zinchenko — é esta chave de ouro que garante ao vencedor acesso à suíte particular e muito elegante do sr. Lemoncello, que fica no terceiro andar da biblioteca. Em vez de passar a noite no chão em um saco de dormir, descansará em meio ao luxo de uma cama de penas, uma televisão com tela de setenta e duas polegadas e um videogame top de linha.

OK. Kyle estava definitivamente interessado naquele prêmio em particular.

A julgar pelos olhos esbugalhados e o coro de "oh" e "uau" ao seu redor, todos também estavam.

A dra. Zinchenko virou a carta da primeira pergunta.

— Qual lançador da liga principal foi o último a vencer pelo menos trinta jogos em uma temporada?

Seis jogadores responderam errado antes que Kyle acertasse.

— Denny McLain.

— Correto.

Ele passou os dedos no painel de vidro, tirou um dez e avançou dez mesas ao redor da sala.

— Qual navio da Marinha norte-americana foi capturado certa vez pelos norte-coreanos?

Miguel acertou essa de primeira.

— O USS *Pueblo*.

Ele avançou doze espaços na sala.

— O que a *Apollo 8* conquistou que nunca tinha sido feito?

Akimi, Andrew Peckleman e Kayla Corson deixaram essa passar.

Mas Charles Chiltington sabia a resposta:

— Foi a primeira nave espacial a orbitar a Lua.

— Correto.

Chiltington tirou um cinco, o que o fez ficar em último lugar.

A próxima pergunta de Kyle era mais difícil:

— Quem era famoso por dizer "Prenda-o, Danno"?

— Hã, aquele cara de *Hawaii Five-o*?

— Por favor, seja mais específico.

— Hmm, aquele com os cabelos brilhantes. Jack Lord?

— Está correto.

Kyle suspirou de alívio. Ainda bem que ele e seu pai às vezes assistiam reprises de seriados antigos de TV, da década de 1960.

Mas quando lançou o dado computadorizado, sua sorte deu de cara com um muro de tijolos. Tirou dois números um e avançou apenas duas mesas.

Enquanto isso, Miguel se deu mal com uma pergunta sobre Barbra Streisand. (Kyle não tinha certeza de quem ela era.)

E Charles Chiltington disparou na frente com uma resposta certa sobre "Hey Jude", dos Beatles, e a soma de doze nos dados.

À medida que o jogo prosseguia, Kyle e Chiltington, os únicos participantes que sobraram, continuavam a responder corretamente e a mover-se pela sala, até que ambos se sentaram na mesma carteira do anel interior — faltando seis espaços para alcançarem a mesa da dra. Zinchenko e a vitória. Kyle se sentiu grato de verdade por ele e seus pais jogarem tanto Trivial Pursuit — com as cartas originais, extremamente *velhas*.

— Kyle, aqui vai sua próxima pergunta: qual música em *O Fabuloso Doutor Dolittle* ganhou um Oscar?

Kyle semicerrou os olhos. Ele tinha aquele filme, a versão de 1967, não a com Eddie Murphy. Tinha uma fita VHS antiga que sua mãe comprara em uma venda de garagem. Pena que eles não tinham um videocassete para assisti-la. Mas mesmo nunca tendo visto o filme, ele havia lido a frente e o verso da caixa algumas vezes.

— Hã, "Talk to the Animals"?

— Correto.

Ele voltou a respirar.

— Jogue os dados, por favor, sr. Keeley.

Kyle obedeceu.

Outro par de uns. Ele avançou dois espaços. Agora estava apenas a quatro mesas da vitória.

— Sr. Chiltington, aqui vai a sua próxima pergunta: Quem foi eleito presidente em 1968?

— Acredito ter sido Richard Milhous Nixon.

— Você também está certo.

Chiltington não esperou a bibliotecária lhe dizer para jogar os dados. Passou os dedos pela tela de vidro.

— Uhul! Dois seis. De novo.

Ele avançou o último anel de mesas, batucando nos tampos, as contando mesmo que todos soubessem que seu doze era mais do que suficiente para levá-lo à linha de chegada.

— Parabéns, sr. Chiltington — disse a dra. Zinchenko enquanto lhe entregava a chave para a suíte privada. — Você é o primeiro ganhador da noite.

— Obrigado, dra. Zinchenko. Estou real e sinceramente honrado.

— Parabéns, Charles — disse Kyle. — Boa vitória.

— Acostume-se, Keeley — respondeu em um tom que apenas as outras crianças puderam ouvir. — Eu sou um Chiltington. Nós nunca perdemos.

13

O que aconteceu em seguida foi muito legal.

Uma imagem holográfica de uma segunda bibliotecária apareceu ao lado da dra. Zinchenko na mesa do centro. Parecia um pouco a Princesa Leia projetada pelo R2-D2 em *Star Wars*. Só que ela tinha um penteado antigo com volume no alto da cabeça, óculos com formato gatinho e um blazer de tweed com protetor de cotovelos.

— Aqui, para apresentar as regras oficiais de nossa noite na biblioteca — disse a dra. Zinchenko —, está a sra. Gail Tobin, chefe da Biblioteca Pública de Alexandriaville na década de 1960, quando o sr. Lemoncello tinha a idade de vocês.

Acima, a Cúpula das Maravilhas voltara às suas dez telas na classificação decimal de Dewey.

— Quantos anos ela tem? — perguntou Sean Keegan.

— Ela teria cento e dez se ainda estivesse viva.

— Mas está morta e trabalhando aqui?

— Digamos que seu espírito vive nesse holograma.

— A sra. Tobin foi quem tanto ajudou o sr. Lemoncello — sussurrou Kyle para Akimi. — Quando ele era criança.

— Eu sei. O cabelo dela parece uma colmeia.

Kyle deu de ombros.

— Pelo que vi na TV, os anos 1960 foram esquisitos em geral.

— Bem-vindas, crianças, à biblioteca do futuro — disse a projeção tremeluzente. — A dra. Zinchenko irá distribuir agora as plantas dos andares da Biblioteca Lemoncello, seu mapa e guia para tudo de extraordinário que este prédio tem a oferecer. Seus cartões novos lhes garantirão acesso a todas as áreas, com exceção do centro principal de controle, a porta vermelha pela qual passaram em sua chegada. E, é claro, à suíte privada do sr. Lemoncello, no terceiro andar.

Charles Chiltington balançou sua chave em frente ao rosto.

— Acredito que você precise *disto* para entrar lá.

A sra. Tobin o ignorou. Ela era um holograma. Isso facilitou.

— A equipe de segurança estará a postos vinte e quatro horas por dia — prosseguiu. — Durante sua estadia, todas as suas ações serão gravadas por câmeras de vídeo, conforme descrito no termo de consentimento assinado por vocês e seus pais mais cedo.

— Nós vamos estar em um reality show? — perguntou Haley, sorrindo para uma câmera minúscula com uma luz vermelha piscando.

— Essa é uma clara possibilidade — respondeu a dra. Zinchenko.

— Eu gosto de televisão — disse a imagem fantasmagórica da sra. Tobin. — *Rowan and Martin's Laugh-In* é o meu programa favorito. Voltando às regras. O uso de aparelhos eletrônicos pessoais é estritamente proibido durante toda a noite.

Clarence, o segurança, e um cara que parecia ser seu gêmeo idêntico entraram na rotunda, cada um carregando uma maleta de alumínio.

— Por gentileza, depositem todos os celulares, iPods e iPads nos recipientes fornecidos por nossos guardas, Clarence e Clement. Seus aparelhos serão guardados com segurança durante sua estadia e devolvidos quando vocês concluírem suas atividades. Além disso, podem usar os computadores desta sala para explorar nosso catálogo de títulos e pesquisar na internet. No entanto, esses aparelhos não enviarão ou receberão e-mails ou mensagens de texto... o que quer que isso signifique. Lembrem-se, eu me aposentei em 1973. Ainda utilizávamos papel carbono. E agora, a dra. Zinchenko explicará a planta do andar.

Todos desdobraram seus folhetos com a planta.

— Como podem ver — disse a dra. Zinchenko —, as obras de ficção estão aqui na sala de leitura. A Sala de Aprimoramento das Crianças, com paredes à prova de som, fica ali. Dois salões de encontros comunitários, totalmente equipados, assim como o Café Cantinho Literário, atrás daquelas janelas com cortinas fechadas, também ficam neste andar. No segundo, encontrarão dez portas numeradas, cada uma levando a uma câmara cheia de livros, informações e, bem, *monitores* relacionados à sua categoria decimal Dewey correspondente.

Kyle levantou a mão.

— Sim?

— Onde fica o Centro Eletrônico de Aprendizado?

A dra. Zinchenko sorriu.

— No terceiro andar, onde também encontrará a Sala de Tabuleiro, a Sala de Arte e Artefatos, o cinema IMAX, a Sala de Lembranças Lemoncello, a...

— Podemos subir e jogar? — perguntou Bridgette Wadge.

— Quero experimentar o simulador de ônibus espacial.

— Eu quero aprender a dirigir um carro! — disse Sean Keegan. — Um de corrida!

— Eu quero conquistar o mundo com Alexandre, o Grande! — exclamou Yasmeen Smith-Snyder.

Aparentemente, todo mundo estava fazendo o que Kyle já fizera: checando a "Lista de Jogos Educacionais Disponíveis", no verso da planta dos andares.

— Acesso adiantado ao Centro Eletrônico de Aprendizado será o segundo prêmio da noite — disse a dra. Zinchenko. — Para ganhá-lo, deverão utilizar os recursos da biblioteca para encontrar sobremesas, as quais escondemos em algum lugar do prédio. Quem fizer a pesquisa e localizar os doces mais rápido também será o primeiro a poder entrar no Centro Eletrônico de Aprendizado. Então usem sua esperteza e sua biblioteca. Encontrem as sobremesas!

Todos correram pela sala e se sentaram em carteiras separadas para começar a pesquisar em seus computadores *touchscreen*.

Bem, todos com exceção de Sierra Russell. Ela passou dois segundos deslizando os dedos em uma tela, escreveu alguma coisa com um lápis pequeno em um pedaço de papel e em seguida saiu para inspecionar as estantes curvas de três andares que se alinhavam na parede de um lado da rotunda. Kyle observou enquanto ela subia em uma plataforma levemente elevada, com aparadores como aqueles que você vê no andador de sua avó. Tinha, inclusive, uma cestinha presa na frente.

— Dra. Zinchenko?

— Sim, srta. Russell?

— Isso aqui é seguro? Porque o livro que eu quero está bem lá no topo.

— Sim. Apenas certifique-se de que seus pés estão devidamente posicionados.

Sierra balançou as pernas. Kyle ouviu um barulho metálico.

— É como uma bota de esqui — disse Sierra.

— Exatamente. Agora use o teclado numérico para informar à escaladora o número de registro do livro no qual está interessada e segure-se firme.

Sierra consultou o pedaço de papel e apertou algumas teclas.

— A parte de baixo desta plataforma onde você está é um ímã — informou a dra. Zinchenko. — Existem tiras de material eletromagnético no revestimento das estantes. A força daqueles ímãs será modulada pelo nosso computador Maglev baseada no número que você inseriu.

Dois segundos depois, Sierra Russell estava flutuando no ar, inclinando-se para a esquerda. Era absolutamente incrível.

— A escaladora deve usar tecnologia avançada de levitação magnética — disse Miguel, sentado na mesa ao lado de Kyle. — Assim como os trens-bala Maglev no Japão.

— Irado — murmurou Kyle.

E, pela primeira vez em sua vida, Kyle Keeley quis pegar um livro na biblioteca mais do que qualquer coisa no mundo.

14

— Que tal trabalharmos juntos? — perguntou Akimi quando sentou-se à mesa de Kyle.

— Hã?

Kyle não conseguia parar de olhar para Sierra Russell. Ela subira uns sete metros e se apoiava nos corrimãos de sua plataforma flutuante, completamente perdida em um livro novo.

— Alô? Terra para Kyle? Você quer que outra pessoa entre primeiro no Centro Eletrônico de Aprendizado?

— Não.

— Então, foco.

— Certo. Então como usamos nossas cabeças e a biblioteca para encontrar sobremesa?

Akimi gesticulou com a cabeça na direção de Miguel, cujos dedos estavam dançando pela tela de seu computador tablet.

— Acho que ele está pesquisando no catálogo de títulos — sussurrou Akimi.

— Por quê?

— É como você encontra coisas em uma biblioteca, Kyle.

— Eu sei disso. Mas não estamos procurando por *livros* que falam de sobremesa. Precisamos encontrar a comida em si.

Andrew Peckleman levantou de sua mesa e subiu correndo uma escada em espiral de ferro forjado que levava ao segundo andar. Dois segundos depois, Charles Chiltington estava subindo atrás dele.

Logo, todos os demais jogadores os seguiram. Todos estavam a caminho do segundo andar e das salas com classificação decimal de Dewey. Miguel finalmente se levantou de sua mesa e correu loucamente para a escada mais próxima.

— Tem que estar no meio dos seiscentos, pessoal — falou alto para Kyle e Akimi.

— Valeu — agradeceu Kyle.

Mas ele ainda não havia saído de seu assento.

— Acho que os seiscentos são a categoria decimal Dewey na qual se encontram os livros de sobremesa — disse Akimi. — Talvez devêssemos...

— Espere um segundo — pediu Kyle.

— Hmm, Kyle, caso não tenha notado, você, eu e a garota voadora, a Sierra, somos os únicos ainda neste andar, e ela não está *de fato* neste andar, porque está flutuando.

— Espere, Akimi. Tenho uma ideia. — Kyle pegou sua planta dos andares. — A sobremesa provavelmente está escondida onde dá para ver. Assim como os códigos de bônus em Esquadrão Esquilo. Siga-me.

— Para onde?

— Para o Café Cantinho Literário. O único lugar na biblioteca onde, segundo o que a dra. Zinchenko nos disse lá no hotel, comidas e bebidas são realmente permitidas.

Eles entraram no aconchegante café.

— Uhul! — gritou Akimi.

As paredes estavam decoradas com prateleiras de livro de receitas, mas diversas mesas estavam cheias de bandejas com biscoitos, bolos, sorvete e frutas!

— Era por isso que as cortinas estavam fechadas atrás das janelas para a rotunda — disse Akimi. — Para que não pudéssemos ver a comida. Mandou bem, Kyle.

Kyle fez sua melhor imitação de Charles Chiltington.

— Eu sou um Keeley, Akimi. Nós nunca perdemos. Com exceção, é claro, de quando não ganhamos.

Depois que todos comeram as sobremesas, Kyle e Akimi foram os primeiros autorizados a entrar no Centro Eletrônico de Aprendizado.

Kyle pilotou o ônibus espacial, fazendo uma aterrissagem excelente em Marte antes de colidir com uma das luas de Saturno. Akimi andou a cavalo com Paul Revere. Em seguida, Kyle aprendeu a dirigir um carro de corrida com câmbio manual na pista Talladega, enquanto Akimi entrava em um submarino minúsculo para nadar com tubarões, golfinhos e tartarugas marinhas, todos projetados nas paredes de vidro de seu simulador.

Todos os videogames educacionais tinham gráficos em 3D, som digital *surround* e algo novo que o sr. Lemoncello estava desenvolvendo para os seus jogos: o telecheiro. Quando você saqueava Roma com os visigodos, podia sentir o cheiro de queimado da cidade em chamas, assim como o fedor dos bárbaros.

Depois de uma hora, a dra. Zinchenko levou os demais para o Centro Eletrônico de Aprendizado. Eles estavam assistindo ao debate entre George Washington e George W. Bush (ambos bonecos audioanimatrônicos) na "praça da cidade", no centro da sala dos 900.

Às dez horas da noite, todos marcharam para o cinema IMAX, também no terceiro andar, para assistir a um show de jukebox. Imagens em 3D dos melhores músicos do mundo (vivos e mortos) tocaram seus hits "ao vivo". A melhor parte foi Mozart tocando com o Metallica.

Finalmente, por volta das três da manhã, Clarence e seu irmão gêmeo, Clement, apareceram para levar as crianças até seus dormitórios. Os meninos estirariam seus sacos de dormir na Sala das Crianças, bem na parte de fora da rotunda; as meninas estariam em cima, no terceiro andar, na Sala de Tabuleiro. Charles Chiltington estaria desfrutando de seu luxo sozinho na suíte particular do sr. Lemoncello.

Exausto por conta da agitação do dia e sentindo a queda de energia depois de comer tanto açúcar, Kyle dormiu como um bebê.

Apenas acordou porque ouviu música.

Música alta, retumbante.

Era o tema principal do filme *Rocky: Um Lutador*, o preferido de seu irmão Mike.

— Queeeisso? — murmurou, arrastando-se para fora de seu saco de dormir.

Kyle deu uma olhada rápida em seu relógio. Eram onze da manhã. Imaginou que o evento tivesse chegado oficialmente ao fim e que aquele seria o despertador.

A música continuou a tocar, alta.

— É assim que eles acordam os astronautas — gemeu Miguel.

— Desligue isso! — resmungou Andrew Peckleman.

Kyle vestiu seus jeans, colocou os tênis e cambaleou até a sala gigante de leitura.

— Dra. Zinchenko?

Sua voz ecoou pela cúpula. Nenhuma resposta.

— Clarence? Clement?

Nada.

A música-tema de *Rocky* ficou mais alta.

Akimi se debruçou sobre a sacada do terceiro andar.

— O que está acontecendo aí embaixo?

— Acho que eles estão tentando acordar astronautas — disse Kyle. — Na lua.

Ele foi até a porta da frente e pegou na maçaneta.

Ela não se mexia.

Ele a chacoalhou.

Nada.

Chacoalhou mais forte.

Ainda nada.

Kyle se deu conta de que a noite na biblioteca podia ter terminado, mas eles ainda estavam trancados lá dentro.

15

— Por favor, sentem-se todos — pediu a dra. Zinchenko aos pais que se encontravam em uma sala de conferência no Parker House Hotel.

— Quando nossos filhos virão para casa? — perguntou uma das mães.

— Rose tem futebol às duas — disse outra.

A bibliotecária assentiu.

— O sr. Lemoncello irá...

Nesse momento, uma porta sanfonada no final da sala se escancarou, revelando o excêntrico bilionário vestindo um conjunto de moletom roxo brilhante e um chapéu de pirata emplumado. Ele estava comendo uma fatia de um bolo de aniversário com sete camadas.

— Bom dia ou, como no momento estão dizendo em Reykjavík, *gott síðdegi*, que quer dizer "boa tarde", porque existe uma diferença de quatro horas entre Ohio e a Islândia, um fato que aprendi girando um globo terrestre na minha biblioteca local.

O sr. Lemoncello, com seus sapatos de banana arrotando-guinchando, saiu de uma sala cheia de dúzias de televisões preto e branco, do tipo que seguranças assistem em suas estações de trabalho.

— Damas e cavalheiros, obrigado por se juntarem a nós nesse grande e auspicioso dia. Tenho o prazer de anunciar o jogo mais maravilhosamente estupendo já criado: a Fuga da Biblioteca do sr. Lemoncello! A biblioteca inteira será o tabuleiro. Seus filhos serão as peças do jogo. O vencedor se tornará famoso em todo o mundo.

— Como? — perguntou um dos pais.

— Estrelando todos os meus comerciais das festas de fim de ano. TV. Rádio. Jornais. Revistas. Outdoors. Displays de papelão em lojas de brinquedos. Seu rosto estará em todos os lugares.

A sra. Daley ergueu a mão.

— Eles serão pagos para isso?

— Ah, sim. Na verdade, você provavelmente irá querer me chamar de O Generoso.

— E o que exatamente a Haley tem que fazer para ganhar?

— Fugir! Da biblioteca. Pensei que o título do jogo desse mais ou menos uma pista.

O sr. Lemoncello apertou um botão no seu chapéu de pirata, e uma versão animada da planta dos andares da biblioteca apareceu instantaneamente nas televisões de plasma da sala de conferência.

— O primeiro a usar o que encontrar *dentro* da biblioteca de modo a descobrir o caminho para *fora* da biblioteca será coroado o vencedor. Agora, as crianças não podem utilizar a porta da frente, as saídas de emergência ou disparar nenhum alarme. Não podem sair do mesmo jeito que entraram. Podem apenas utilizar sua esperteza, astúcia e inteligência para decifrar pistas e resolver charadas que eventualmente os levarão para a saída alternativa supersecreta da biblioteca. E, damas e cavalheiros, eu lhes garanto, essa saída alternativa de fato existe.

Começou um burburinho de excitação entre os pais ao redor da mesa.

— A participação, é claro, será puramente opcional e voluntária — disse o sr. Lemoncello, unindo as mãos atrás das costas e observando a sala.

Alguns pais pegaram seus celulares.

— E, por favor... *não* tentem entrar em contato com suas crianças via telefone, e-mail, texto, fax ou sinal de fumaça, os encorajando a entrar na competição. Bloqueamos todos as comunicações de dentro para fora e de fora para dentro da biblioteca. Apenas aqueles que realmente desejarem ficar e jogar vão ficar e jogar. Quem escolher deixar a biblioteca irá para casa com encantadores prêmios de participação e, de brinde, um chapéu de pirata muito similar ao meu. Também serão convidados para a minha festa de aniversário amanhã à tarde. — Ele ergueu seu prato cheio de migalhas. — Venho provando alguns bolos em potencial para o café da manhã.

A sra. Keegan cruzou os braços sobre o peito.

— Esse jogo será perigoso?

— Não — respondeu o sr. Lemoncello. — Seus filhos estarão sob a constante vigilância da equipe de segurança, no centro de controle da biblioteca, através das câmeras. A dra. Zinchenko e eu também estaremos monitorando seu progresso daqui da minha suíte particular. Se algo der errado, temos paramédicos, bombeiros e uma equipe de ex-fuzileiros navais, cada um com o coração de um samurai, a postos para entrar e resgatar seus filhos. Será como em *Jogos Vorazes*, mas com muita comida e sem arco e flecha.

— Por que não deixar as crianças jogar um dos seus outros jogos? — sugeriu um dos pais. — Por que todo esse rebuliço?

— Porque, meus queridos amigos, essas doze crianças viveram suas vidas inteiras sem uma biblioteca pública. Por conta disso, não têm ideia do quão extraordinariamente útil, conveniente e divertível... uma palavra que inventei recentemente... uma biblioteca pode ser. Essa é a chance delas de descobrir que uma biblioteca é mais do que uma coleção de livros velhos e empoeirados. É um local para aprender, explorar e crescer!

— Sr. Lemoncello, considero fantástico o que está fazendo — disse uma das mães.

— Obrigado — agradeceu, curvando-se e batendo os calcanhares (fazendo o som do *cocoricó* de uma galinha).

— Se algum de vocês quiser dar uma olhada em seus filhos — anunciou a dra. Zinchenko —, por favor, junte-se a nós na sala adjacente.

— Ah, eles são muito divertidos de assistir — disse o sr. Lemoncello. — No entanto, sr. e sra. Keeley, acho que seu filho Kyle não gosta da música-tema de *Rocky* tanto quanto eu!

16

Rocky cumprira o seu papel.

Kyle e todos os demais trancados dentro da biblioteca estavam definitivamente acordados.

Até mesmo Charles Chiltington tinha descido da suíte particular do sr. Lemoncello para Sala de Leitura da Rotunda. A única escritora de redação que não estava com o grupo era Sierra Russell, que, imaginou Kyle, procurava outro livro para ler.

— Ainda estamos trancados? — guinchou Haley Daley.

— Isso é tão chato — acrescentou Sean Keegan. — São, tipo, onze e meia. Tenho coisas a fazer. Lugares para estar.

— Pessoal — disse Kyle —, eles provavelmente abrirão a porta de entrada assim que comermos ou algo assim.

— Bem, onde está aquela bibliotecária ridícula? — perguntou Charles Chiltington, que nunca era muito gentil quando não havia nenhum adulto por perto.

— É — disse Rose Vermette. — Não posso ficar aqui o dia todo. Tenho jogo de futebol às duas.

— E, gente — disse Sean Keegan —, *eu* tenho uma vida.

— Crianças, vocês precisam de ajuda? — perguntou uma voz suave e maternal.

Era a imagem holográfica semitransparente da sra. Tobin, a bibliotecária dos anos sessenta. Ela pairava a alguns centímetros do chão, em frente à mesa central.

— Sim — respondeu Kayla Corson. — Como saímos daqui?

A bibliotecária piscou como uma calculadora de segunda mão (aquela que seu irmão mais velho deixou cair no chão um bilhão de vezes) quando calcula uma raiz quadrada.

— Desculpem — respondeu a mulher robótica. — Não possuo a resposta para essa pergunta.

— Tomaremos aqui o café da manhã? — perguntou Chiltington, educadamente. — Eu não estou com fome, mas alguns dos meus colegas com certeza estão. Afinal de contas, são onze e meia.

— A equipe da cozinha recentemente disponibilizou comida fresca no Café Cantinho Literário.

— Obrigado, sra. Tobin — agradeceu Chiltington. — Gostaria de alguma coisa? Uma tigela de cereal de aveia, talvez.

— Não. Obrigada, CHARLES. Eu sou um holograma. Não como.

— Acho que é assim que se mantém supermagra.

Kyle balançou a cabeça. O puxa-saco era mais escorregadio que um sabonete. Estava adulando até um holograma.

Chiltington e os demais saíram para tomar café, mas Kyle e Akimi permaneceram com a bibliotecária holográfica.

— Hmm, tenho uma pergunta — disse Kyle.

— Estou ouvindo.

— A noite na biblioteca acabou? Devemos ir para casa agora?

— O sr. Lemoncello tratará dessa questão em breve.

— Certo. Obrigado, sra. Tobin.

— De nada, KYLE.

Depois da imagem da mulher piscar algumas vezes e desaparecer, Akimi disse:

— Aliás, Kyle, antes de irmos embora, você precisa dar uma olhada no lugar onde dormi ontem.

— A Sala de Tabuleiro?

— Sim. Eles dão esse nome porque, adivinhe? É cheia de jogos de tabuleiro!

— Todos do Lemoncello?

— Não. Coisas de outras empresas. Algumas são da década de 1890. Acho que é a coleção pessoal do sr. Lemoncello. É como se fosse um museu.

Os olhos de Kyle se arregalaram.

— Está com fome? — perguntou ele.

— Na verdade, não. Comemos muito na noite passada.

— Acha que temos tempo para dar uma olhada nesse museu de jogos?

— Venha comigo.

Os dois amigos subiram uma escada em espiral para o segundo andar, onde encontraram outro lance de degraus que os levava para o terceiro.

Quando entraram na Sala de Tabuleiro, Kyle ficou maravilhado.

— Uau!

As paredes eram cobertas por estantes cheias de jogos antigos, brinquedos de lata e jogos de cartas.

— Isso é incrível.

— É — disse Akimi. — Se você, sabe, curte jogos.

Kyle sorriu.

— O que, você sabe, eu curto.

Eles passaram alguns minutos em silêncio vagando pela sala, absorvendo todos os jogos estranhos com os quais as pessoas costumavam brincar. Havia uma vitrine que continha oito jogos com tampas maravilhosamente ilustradas. Um holofote minúsculo iluminava cada uma.

— Imagino o que há de tão especial em cada um desses jogos — disse Kyle.

— Talvez fossem os preferidos do sr. Lemoncello quando era criança.

— Talvez.

Mas o slogan gravado no vidro confundiu Kyle: "Luigi Lemoncello: a primeira e última palavra em jogos."

— Mas esses não são jogos Lemoncello — murmurou.

O primeiro jogo iluminado era o *Howdy Doody's TV Game (Jogo de TV do Howdy Doody)*. Em seguida, *Hüsker Dü? — Jogo de Memória, Não Diga! (You Don't Say!)*, *Like Minds (Mentes Brilhantes)*, *Fun City (Cidade da Diversão)*, *Big 6 Sports Games (Jogo de Esportes Big 6)*, *Get The Message (Pegue a Mensagem)* e *Ruff and Reddy (Jambo e Ruivão)*.

— É uma charada — disse Kyle com um sorriso.

— Achei que fossem jogos.

— E são. Mas se juntar a primeira ou a última palavra de cada título... — Ele bateu de leve no vidro na frente da primeira caixa da prateleira de baixo. — Você *pega a mensagem*.

— Sério? — perguntou Akimi, soando extremamente cética. — Tem certeza de que não é só um monte de lixo que alguém comprou por cinquenta centavos em uma venda de garagem?

— Positivo. — Kyle apontou para a tampa de cada caixa enquanto decifrava o código. — "Howdy. Dü you like fun games? Get Reddy." Que significa "Como vai? Você gosta de jogos divertidos? Prepare-se."

Miguel Fernandez entrou na Sala de Tabuleiro.

— Aqui estão! Precisamos de vocês no Centro Eletrônico de Aprendizado. Agora.

— Por quê?

— Charles Chiltington devorou o café da manhã e depois correu para terminar o jogo que começou ontem à noite, para entrar com seu nome como o primeiro jogador com pontuação mais alta.

— E daí?

— O jogo que ele escolheu é todo sobre castelos medievais e masmorras!

Foi a vez de Akimi perguntar:

— E daí?

— Ele está escapando pelos esgotos. O jogo tem telecheiro. Já sentiram o cheiro de um esgoto medieval? Acreditem, é fedido *e* nojento.

Os três correram pelo corredor e adentraram a sala fétida na qual Charles estava sentado em uma cadeira de pedestal que vibrava, cutucando seu controle. Enquanto seu personagem deslizava por um cano de esgoto, os subwoofers embutidos em seu assento faziam cada *SQUISH!* e *SPLAT!* retumbar pelo chão.

— Uou! — exclamou Kyle. — Pare com isso, Charles. Você está soltando gás lacrimogênio.

— Porque estou nos vazadouros que ficam embaixo dos estábulos. É a passagem secreta para sair do castelo. Vou ganhar outro jogo. É o meu segundo. Quantos você ganhou?

— Ei — disse Miguel. — Essa sala aqui fica dois andares acima do Café. Os dutos são conectados.

— E daí?

— Você está fazendo a comida de todo mundo lá embaixo cheirar a estrume de cavalo!

— Quem se importa? Estou ganhando.

A cadeira de Charles novamente fez barulho.

Mas, dessa vez, Kyle sentiu o cheiro de... pinheiros?

Como um daqueles sachês que as pessoas penduram no retrovisor de seus carros.

— Ah, essa coisa estúpida está quebrada.

Charles pulou da cadeira e chegou para trás para chutá-la.

— Hmm, se eu fosse você não faria isso — disse Kyle.

— Por que não?

— Porque tem uma câmera de segurança bem ali e está apontada para você.

— O quê? Onde?

— Está vendo a luz vermelha piscando?

De repente, a imagem de Kyle apontando para a lente da câmera apareceu em cada tela de vídeo do Centro Eletrônico de Aprendizado.

Até que o menino foi substituído pelo sr. Lemoncello.

— Excelente plano de fuga, Charles — disse o sr. Lemoncello nas telas de vídeo.

— Obrigado, senhor — agradeceu o garoto, alisando as
calças cáqui. — E só para que saiba, vi uma formiga subindo na lateral dessa cadeira. Foi por isso que quase a chutei.

— Muito amável de sua parte, Charles.

— Sr. Lemoncello? — chamou Akimi.

— Sim?

— Como foi que o esgoto começou a cheirar a pinheiro?

— Porque eu gosto muito mais do cheiro dos pinheiros
do que do fedor de cocô de cavalo. E você?

— Concordo.

— Agora, então, será que todos poderiam se juntar
a nós no Centro Eletrônico de Aprendizado? Tenho um
comunicado muito importante para fazer.

Kyle ouviu passos subindo as escadas e, logo, Andrew,
Bridgette, Yasmeen, Sean, Haley, Rose e Kayla entraram
na sala às pressas.

— Estamos todos aqui? — perguntou o sr. Lemoncello.

— Todos, exceto Sierra Russell — respondeu Kyle.

— Ah, sim. Eu a vi no andar de baixo lendo *Amanhã Você Vai Entender*, de Rebecca Stead. Nós a deixaremos a par mais tarde. É quase meio-dia, e estou ávido para seguir para a próxima etapa da nossa competição.

— Que competição? — perguntou Yasmeen Smith-Snyder.

— A que está prestes a começar.

— Senhor? — chamou Sean Keagan. — Tenho coisas a fazer hoje.

— Tudo bem, Sean. Você, com certeza, está livre para ir embora. Se o restante de vocês não deseja ficar e brincar, gentilmente depositem seus cartões da biblioteca na pilha de descarte.

Um azulejo no chão se abriu, e um aquário redondo e vazio sobre uma coluna ornada se ergueu a um metro.

— É só colocar dentro do recipiente ali, Sean. Bom garoto. Siga as setas vermelhas e brilhantes no chão até a saída mais próxima, onde receberá um adorável presente de despedida com a minha eterna admiração por suas habilidades de escrita.

Setas vermelhas serpenteavam pelo chão. Sean as seguiu.

— O que acontece se decidirmos ficar? — perguntou Akimi.

— Receberão a chance de participar de um jogo divertidíssimo e novinho em folha!

— Tem algum prêmio para o vencedor? — questionou Haley Daley.

— Ah, sim.

Agora Miguel ergueu sua mão.

— Sr. Lemoncello? O que teremos que fazer para ganhar?

— Simples: encontrar o caminho de *saída* da biblioteca utilizando apenas o que está *dentro* dela.

— Incrível!

— Sem graça — murmurou Kayla Corson. — Vou embora.

Ela depositou seu cartão da biblioteca dentro do aquário e seguiu as setas brilhantes porta afora.

— Mais alguém quer ou precisa ir embora?

— Desculpe, senhor. Tenho futebol às duas — disse Rose Vermette. — Vejo vocês mais tarde.

A menina deixou seu cartão no recipiente de descarte.

No momento em que o fez, campainhas tocaram, confetes caíram do teto e cada console eletrônico na sala de jogos começou a fazer *ding-ding-ding*.

— Parabéns, Rose! — gritou o sr. Lemoncello, que havia colocado um chapéu de festa pontiagudo. — Por manter seus prévios compromissos, receberá nosso prêmio especial de Honradora de Prévios Compromissos: um conjunto completo de Jogos de Ilustrações Adesivas Lemoncello e um laptop para jogá-los! Divirta-se!

Charles Chiltington se aproximou um pouco mais da câmera de segurança enquanto Rose Vermette saía da sala.

— Senhor, devemos presumir que o prêmio para quem vencer o seu novo jogo será ainda melhor do que um laptop?

— Sim — respondeu o sr. Lemoncello, tirando o seu chapéu de festa. — Devem presumir.

— Estou dentro — disse Chiltington.

— Eu também — concordou Kyle.

— Eu também — falaram Akimi, Miguel, Andrew, Bridgette, Yasmeen e Haley.

Sierra Russell entrou na sala. Seu nariz estava tão enfiado em seu livro que ela nem notou o rosto gigante do sr. Lemoncello em todas as telas de vídeo.

— Aconteceu alguma coisa? — perguntou ela, mais para as páginas de seu livro.

— Pode apostar que sim! — respondeu o sr. Lemoncello.

A cabeça de Sierra se ergueu.

— Ah. Olá, senhor.

— Olá, Sierra. Desculpe interromper sua leitura. Farei apenas uma pergunta rápida: você ficará ou irá embora?

— Bem, senhor, eu gostaria de ficar. Se estiver tudo bem.

— Tudo bem? Tudo *maravincrível*, outra palavra que acabei de inventar. Agora, para informar-lhes as regras do jogo... porque todo jogo precisa de regras... está aqui a sua amiga e minha também, a dra. Yanina Zinchenko!

As telas de vídeo alternaram para um close da bibliotecária com cabelos vermelhos e óculos.

— Sua saída da biblioteca deverá ser completada entre o meio-dia de hoje e o de amanhã — disse a dra. Zinchenko.

A cabeça do sr. Lemoncello apareceu em um dos cantos da tela:

— Aliás, amanhã será o meu aniversário. Marquem em seus calendários.

E ele saiu do campo de visão.

— Nossos seguranças continuarão com os seus telefones celulares — disse a bibliotecária. — Vocês não devem usar os computadores do local para entrar em contato com ninguém que esteja fora do prédio. No entanto, poderão usá-los para pesquisas.

"Poderão também pedir três tipos diferentes de assistência externa: um 'Pergunte a um Expert', um 'Consulta à Bibliotecária' e um 'Desafio Extremo'. Por favor, estejam cientes de que os Desafios Extremos, conforme diz o nome, são extremamente difíceis. Se os superarem, sua recompensa será esplêndida. Contudo, se falharem, serão eliminados da competição."

Kyle pensou em evitar pedir por qualquer ajuda... a não ser que precisasse bastante.

— Para utilizar qualquer uma dessas "vidas" — continuou a dra. Zinchenko —, simplesmente convoquem a sra. Tobin.

Chiltington ergueu a mão.

— Sim, Charles?

— Você se importaria em nos dizer qual será o prêmio para o vencedor?

A tela de vídeo alternou para uma imagem do sr. Lemoncello, que havia feito algum tipo de mudança rápida. Agora usava óculos escuros e tinha uma um lenço de pescoço de seda enfiado dentro de sua camisa. Parecia um pomposo astro cinema de Hollywood. De 1939.

— Fama e glória! O vencedor se tornará o meu novo porta-voz e a estrela de todo o meu material promocional nas festas de fim de ano.

— Ficaremos famosos? — perguntou Yasmeen, arrumando o cabelo e sorrindo para a câmera de segurança.

Haley entrou na frente de Yasmeen.

— Já fiz alguns trabalhos como modelo. Para a Sapataria Sherman em Old Town.

Yasmeen passou a frente de Haley.

— Uma vez fui figurante em um comercial de cachorro-quente...

— Bem, eu sou animadora de torcida; Yasmeen não é...

Enquanto as duas meninas continuavam a se arrumar e posar para a câmera, a dra. Zinchenko reapareceu na tela para rapidamente dizer algumas palavras finais.

— Seus cartões são as chaves para tudo de que precisarem. A equipe da biblioteca está aqui para ajudá-los a encontrar o que estiverem buscando. A saída não é o mesmo lugar pelo qual entraram. Vocês *não* devem usar nenhuma saída de incêndio. Caso o façam, um alarme soará, e serão imediatamente eliminados do jogo. Visando a segurança, todos serão monitorados por vídeo e gravados. No caso improvável de emergência, vocês serão evacuados do prédio. Criar um incidente que requeira evacuação não contará como descoberta de saída da biblioteca. Alguma pergunta?

— Só uma — disse Andrew Peckleman, ajustando seus óculos enormes com a ponta do dedo. — Quando exatamente começa o jogo?

O rosto do sr. Lemoncello reapareceu nas telas.

— Boa pergunta, Andrew! Ah, meu Deus. É meio-dia! E se... o que me diz de... ah, não sei... *agora!*

18

Os competidores correram escada abaixo para a Sala de Leitura da Rotunda.

Kyle viu Haley Daley descer mais um lance de degraus em direção ao porão, o qual a planta dos andares chamava de Estoque.

Miguel e Andrew, os dois experts em biblioteca, pegaram mesas separadas e começaram a trabalhar nos computadores *touchscreen*. Bridgette Wadge fez o mesmo.

Charles Chiltington saiu pela passagem arqueada e foi para o saguão que tinha a fonte.

Yasmeen Smith-Snyder corria pela sala circular com sua planta dos andares em frente ao rosto, como alguém checando freneticamente suas mensagens enquanto caminha rápido em uma calçada lotada.

Sierra Russell encontrou uma cadeira confortável e se sentou.

Para terminar o seu livro.

A garota definitivamente não tinha entrado no espírito do Jogo.

— Então, Kyle — perguntou Akimi —, você quer formar uma aliança?

— Como assim?

— É o que as pessoas fazem nos reality shows. Nós nos ajudamos até, você sabe, todo mundo ser eliminado e termos que apunhalar um ao outro pelas costas.

— Hmm, não me lembro de ter ouvido nada sobre "eliminações".

— Ah. Certo.

— Mas, ei, não havia nada nas regras dizendo que não podemos dividir o prêmio. Eu só quero *ganhar*!

— Legal. Então, somos um time?

— Claro.

— Ótimo — disse Akimi. — Eu nomeio você o nosso capitão. Todos a favor, levantem as mãos.

Ambos o fizeram.

— É unânime — anunciou ela. — OK. Vamos fazer uma pergunta para aquela antiga bibliotecária.

— O quê?

— Cada um de nós pode fazer uma pergunta, certo?

— Sim.

— Bem, aqui vai a minha: "ei, senhora, como saímos daqui?"

— E você acha que ela irá nos dizer?

— Não. Na verdade, não. Então, qual é o seu plano?

— Bem, eu estava pensando...

De repente, Yasmeen gritou:

— Eu ganhei!

O restante do grupo parou o que quer que estivesse fazendo.

— É como na noite passada, quando Kyle encontrou sobremesa no lugar mais óbvio. Para sair da biblioteca, tudo que devemos fazer é usar uma das saídas de incêndio. Dã.

Ela seguiu em direção a um corredor entre o Café Cantinho Literário e o Salão de Encontro Comunitário A.

Kyle ficou de pé.

— Hmm, Yasmeen? Acho que talvez você tenha perdido algumas partes do que...

Charles Chiltington entrou correndo na sala e gritou:

— Você não vai vencer, Yasmeen. A não ser que chegue antes de mim naquela saída de incêndio!

Ele disparou rumo ao corredor.

Yasmeen fez o mesmo.

— Pessoal...? — chamou-os Kyle.

Ele podia ver uma luz vermelha de Saída brilhando no final do corredor onde Charles e Yasmeen estavam correndo. Charles tropeçou e caiu. Yasmeen continuou a correr. Mais determinada. Mais rápido. Ela se chocou contra a barra de saída na porta de metal.

Alarmes soaram. Luzes vermelhas piscavam e giravam. Em algum lugar, um tigre rugiu. A voz do sr. Lemoncello retumbou dos autofalantes no teto.

— Lamento, Yasmeen. É aqui que a sua jornada termina. Você quebrou as regras. Está fora do jogo. Seu cartão da biblioteca deverá ser colocado no recipiente de descarte, e você irá para casa.

Enquanto a porta da saída de incêndio se fechava lentamente e Yasmeen desaparecia na luz clara do sol fora da biblioteca, Kyle observou Charles Chiltington, que teria sido enviado para casa se não tivesse tropeçado, alcançando a porta de saída primeiro.

O garoto estava com um sorriso malicioso no rosto.

Foi naquele momento que Kyle se deu conta: Chiltington tinha enganado Yasmeen. Ele sabia que ela não ganharia se utilizasse a saída de incêndio. Mas correu pelo corredor para fazê-la pensar que estava fazendo a coisa certa.

Ah, sim. Chiltington estava definitivamente determinado a ganhar.

Não importava por cima de quem tivesse que passar.

Assobiando casualmente, Charles caminhou de volta para o lobby.

— O que Chiltington está fazendo no hall de entrada? — perguntou Akimi. — Eles nos disseram que a saída não é o mesmo local que a entrada.

Antes que Kyle pudesse responder, Andrew Peckleman começou a gritar com Miguel, que fora até sua mesa.

— Saia daqui! Você está tentando roubar a minha ideia!

— Não, cara — disse Miguel. — Eu só vi a sua tela sem querer e não acho que esse periódico em particular...

— Quer saber, Miguel? Eu não dou a mínima para o que você pensa! Isso não é a escola. É a biblioteca *pública*, e você não manda aqui, então me deixe em paz!

Miguel ergueu as mãos, com as palmas à mostra.

— Sem problemas, cara. Só estava tentando ajudar.

— Tá! Você quer dizer me ajudar a perder.

Andrew subiu correndo a escada em espiral mais próxima para o segundo andar e para as salas com classificação decimal de Dewey. Miguel, que aparentava estar um pouco triste, seguiu para outra escada espiralada. Bridgette Wadge foi atrás deles.

— Quer seguir aqueles caras que nem a Bridgette fez? — sussurrou Akimi. — Eu vou atrás de Peckleman, e você, do Miguel.

— Não, obrigado — respondeu Kyle, olhando para o teto da cúpula. — Estou mais interessado nas janelas lá em cima.

Três andares acima do piso da rotunda, logo abaixo da Cúpula das Maravilhas, havia uma série de dez janelas em arco entre os cantos das estátuas, por sua vez localizadas em reentrâncias. As janelas serviam como claraboias na base da cúpula, permitindo que a luz do sol entrasse no cômodo abaixo.

— Acha que aquelas janelas abrem? — perguntou Akimi.

— Talvez sim. Talvez não. Mas eu nunca deixei uma janela trancada ficar entre mim e a vitória de um jogo. Pergunte ao meu pai.

— O quê?

— Esqueça. Venha.

Kyle foi até a cadeira confortável na qual Sierra Russell lia seu livro tranquilamente.

— Hmm, com licença, detesto interromper...

Sierra ergueu a cabeça. Ela tinha um olhar bastante sonhador.

— Preciso de um livro — disse Kyle.

— Mesmo? — perguntou ela. — De que tipo?

— Como o que você encontrou. Lá em cima.

Ele gesticulou para as estantes curvas que cobriam metade da parte de trás da rotunda.

— Ficção — disse Sierra.

— Certo — respondeu Kyle. — Adoro ficção.

— Bem, de qual tipo de história você gosta?

— De algo bem lá no alto — disse ele. — Quanto mais alto, melhor.

— Sério?

— Sim.

— Bem, é um jeito interessante de formar uma lista de leitura, baseando-se na altura da estante...

— Eu queria algo da prateleira mais alta. Talvez bem debaixo da estátua em holograma daquele cara que está com um monstrengo.

— Aquele é o H.P. Lovecraft — disse Sierra. — Ele escrevia histórias de horror sobre criaturas como aquela.

— Irado — falou Kyle. — Mas é que eu gosto do quão perto ele está daquela janela.

19

— Ah, sra. Tobin? — chamou Akimi. — Preciso utilizar minha Consulta à Bibliotecária.

— Tem certeza disso? — perguntou Kyle.

— Essa é a beleza de ser um time. Depois de gastarmos as minhas, ainda teremos as suas.

O holograma da bibliotecária apareceu e notificou Akimi que *As Aventuras de Huckleberry Finn*, de Mark Twain, era o livro que ficava abaixo da imagem projetada de H.P. Lovecraft e seu monstro.

Depois que a sra. Tobin desapareceu, Kyle e Akimi usaram o computador de mesa para encontrar o número de registro de *As Aventuras de Huckleberry Finn*. Kyle pegou uma caneta e o anotou na palma de sua mão.

— Você vai fazer o que eu acho que vai fazer? — perguntou Akimi.

— Sim. Vou flutuar até lá em cima, escalar o canto onde o holograma está, alcançar a janela, abri-la e colocar a mão para fora. Tecnicamente, terei encontrado a minha *saída* da biblioteca. Nada nas regras menciona o quão *longe* lá fora temos que ir para ganhar.

— Você pode cair.

— Acho que não. Sou rijo como um macaco.

— É sério, Kyle. Não vale a pena.

— Hmm, vale sim. Já mencionei que quero *vencer*?

— Você deveria improvisar um equipamento de segurança — sugeriu Sierra Russell.

— Hein?

— Bem, nesse livro de aventura que eu li uma vez, o herói estava em uma situação bastante similar. Então ele removeu os fios enrolados de vários telefones, os amarrou e fez uma corda de segurança.

Dez minutos depois, Kyle, Akimi e Sierra haviam retirado os fios de alguns telefones. Kyle deu a volta com os cabos ao redor de sua cintura e amarrou a outra ponta ao corrimão da escaladora. Quando totalmente estendida, a corda de segurança se esticaria até pouco mais de seis metros.

Deveria funcionar.

— Tenha cuidado lá em cima — disse Akimi.

— Sim — concordou Sierra, que não estava mais lendo seu livro.

Aparentemente, assistir a uma pessoa de verdade arriscar ao vivo sua vida de verdade fazendo algo muito, muito assustador era uma das coisas mais emocionantes do que ler.

Kyle prendeu os pés nas botas de esqui da escaladora.

— Aqui vamos nós.

Adrenalina intensa percorreu seu corpo enquanto digitava o número de registro para *As Aventuras de Huckleberry Finn* no teclado localizador de livros da escaladora.

— Quando você abrir a janela — disse Akimi —, apenas grite "Encontrei a saída!", e venceremos.

— Certo — concordou Kyle. — Nós três.

— Hein?

— Ei, Sierra deu a ideia da corda de segurança. Agora ela também faz parte do nosso time.

— Tudo bem. Tanto faz. Só não quebre o pescoço.

— Não é parte do plano.

Kyle pressionou o botão de entrada no painel de controle. A plataforma flutuou acima do chão e pairou levemente para a direita.

— Cuidado! — disse Akimi. — Preste atenção!

— Eu não estou fazendo nada — retrucou Kyle. — Essa geringonça está fazendo o trabalho todo. Só estou acompanhando o passeio.

Kyle agarrou-se ao equipamento enquanto a plataforma se erguia mais e mais. Passou por livros de Tolstói e Thackeray. Inclinando a cabeça para trás, olhou para as estátuas semitransparentes projetadas nos nichos curvados, próximos às janelas arqueadas.

Eram uma mistura estranha. Um velho de terno. Um homem de queixo grande, cabelos curtos e gravata-borboleta. Uma senhora de cabelos cacheados grisalhos e curtos, com uma camisa listrada. Um cara de jaqueta e bigode.

Já que as estátuas eram realmente projeções holográficas, possuíam placas entalhadas com cinzel flutuando em frente aos seus pedestais identificando quem eram as pessoas famosas. Os mais próximos a Kyle eram John Steinback, Aldous Huxley, Sidney Sheldon e H.P. Lovecraft.

Enquanto continuava a subir, Kyle podia ouvir o zumbido discreto dos eletroímãs o erguendo invisivelmente em direção ao teto.

E, então, ouviu algo muito mais alto.

— Que ideia ridícula!

Charles Chiltington. Ele estava parado na sacada do segundo andar no lado oposto da rotunda.

— Sabe, Keeley, pensei em fazer a mesma coisa. Mas então notei algo que você obviamente deixou passar: existe uma tela de segurança feita de malha de arame do outro lado daquelas janelas.

A plataforma flutuante começou a travar até parar.

— Divirta-se olhando para o teto, Keeley. Vou sair daqui para ganhar mais um jogo!

Kyle ignorou Chiltington e agarrou a prateleira abaixo do ancoradouro de H.P. Lovecraft. Tentou se levantar, mas seus pés não se moviam.

Eles estavam presos pelos grampos das botas de esqui.

E perto da claraboia, Kyle pôde ver que Chiltington estava certo... havia uma tela de segurança do lado de fora das janelas.

Kyle checou seu relógio de punho. Era uma hora da tarde. Ele e seus colegas de equipe tinham perdido uma hora com ideia boba sobre a janela. O menino suspirou com pesar e olhou para a projeção tremulante de Lovecraft no nicho encurvado acima de sua cabeça.

A boca do monstro começou a se mexer.

— Pense em esquerda, pense em direita, pense em baixo e pense em alto.

Kyle reconheceu a voz.

Era o sr. Lemoncello.

— Ah, as coisas que você pode inventar se apenas tentar!

Em outras palavras, Kyle voltou à estaca zero. Precisava pensar em um plano totalmente novo.

A escaladora iniciou uma descida lenta e regular para o chão... mesmo que Kyle não tivesse pressionado nenhum botão.

— Não dê ouvidos ao espertinho do Charles — instruiu Akimi enquanto Kyle aterrissava no chão. — Foi digna a tentativa.

— Concordo — disse Sierra.

Um grito horripilante surgiu das escadas que davam no porão.

— É a Haley! — reconheceu Akimi. — Eu a vi indo lá para baixo.

— É onde fica o Estoque — acrescentou Sierra.

— Venham — disse Kyle. — Ela pode estar com sérios problemas.

— Você jamais deveria ajudar seus oponentes, Keeley — zombou Charles, enquanto descia casualmente um lance de escadas espiralado. — A não ser, é claro, que *sempre* jogue para perder!

20

Perdedores.

Era o que Charles Chiltington pensava sobre simplórios sentimentais como Kyle Keeley. Uma donzela em desespero começa a gritar e ele esquece tudo sobre ganhar o jogo para salvá-la?

Que perdedor patético.

A não ser, é claro, que Haley Daley estivesse gritando porque já havia encontrado a saída alternativa.

Aquilo fez Charles rir.

Impossível.

Embora bastante bonita, Haley Daley, a princesa do sétimo ano, era completamente desmiolada. Não havia como uma garota burra como ela ter passado a frente de Charles Chiltington.

Era hora de colocar seu palpite em prática.

Pela segunda vez, a bibliotecária-chefe, dra. Zinchenko, havia dito que a equipe do local estava presente para ajudá-los a encontrar o que quer que procurassem. A primeira foi quando estavam prestes a entrar na biblioteca, e novamente ao ler a lista enorme de regras.

Bem, o que Charles buscava era um jeito de sair do prédio que não fosse pela porta da frente e não soasse nenhum alarme.

Esse era o motivo pelo qual ele ficava voltando ao lobby com a fonte d'água. A razão pela qual estudava a vitrine que dizia "Escolhas da Equipe: Nossas Leituras Mais Memoráveis".

— A equipe está aqui para ajudar — murmurou Charles. — Esses livros são escolhas da equipe. Por isso mesmo que isso aqui deve ser um tipo de pista enorme.

Dentro da estante fechada, o garoto viu doze capas de livros.

Uma para cada um dos doze jogadores de doze anos?, ele se perguntou.

Os itens expostos não eram livros de verdade. Eram as artes das capas coladas em placas de isopor do tamanho de livros. Três delas estavam alinhadas em cada uma das quatro prateleiras da estante. Já que não eram livros com lombadas, nenhuma das capas informava seus números de registro.

Charles se focou nos três livros da prateleira de baixo. *A revolta de Atlas* estava à esquerda. *Johnny Unitas e Eu*, no meio. *O Jantar*, à direita.

Charles decidiu se concentrar no livro de Johnny Unitas. Foi até a rotunda e pesquisou rapidamente no catálogo de cartões em um dos computadores de mesa. Quando digitou o título, uma capa idêntica apareceu.

No entanto, nada no número de registro.

No ponto onde o identificador deveria estar, havia uma linha preta e grossa de censura e as palavras "Número de Registro Temporariamente Removido do Sistema".

Descendo um pouco mais a tela, Charles se deparou com uma nota incomum: "Você não achou mesmo que tornaríamos isso tão fácil, achou?"

Charles sorriu.

O computador indicava que ele estava no caminho certo.

Olhou para o alto. A Sala das Crianças estava diretamente adiante. O livro sobre Johnny Unitas, com sua capa ilustrada mostrando um jogador de futebol americano, vestindo uma camisa com o número dezenove e com o corpo inclinado para trás a fim de fazer um passe, era mais provavelmente um livro infantil.

É claro que também era uma biografia esportiva.

Então estaria ele classificado como um livro de esporte, biografia ou infantil?

Charles voltou para o catálogo de cartões computadorizado. Leu a descrição do livro: "Billy quer ser um grande jogador de futebol americano, como Johnny Unitas, seu herói, mas seu técnico está preocupado que ele se machuque".

Parecia ficção. Uma história inventada. Tinha que estar na Sala das Crianças.

Enquanto Charles cruzava o piso escorregadio de mármore, outra coisa lhe ocorreu.

Aquilo era como Hüsker Du?, um jogo de memória com o qual havia brincado na época do jardim de infância. Ele estava em uma caçada para encontrar o par escondido da capa do livro de futebol que tinha acabado de memorizar. Era, em resumo, outro jogo de memória; o motivo pelo qual a vitrine de Escolhas da Equipe dizia "Nossas Leituras Mais *Memoráveis*".

— Inteligente, Lemoncello — murmurou. — Muito inteligente, na verdade.

Charles entrou no departamento infantil. Não demorou muito para que encontrasse o livro, porque *Johnny Unitas e Eu* estava apoiado em uma estante em miniatura, no topo de uma prateleira.

— Encontrei! — anunciou o menino. Então, saboreando o momento, pegou o livro e leu o título em voz alta. — *"Johnny Unitas e Eu."*

De repente, uma fila de gansos audioanimatrônicos, que estava em um dos cantos da sala, começou a grasnar e cantar.

— *Eles o chamam de sr. Touchdown, sim, eles o chamam de sr. T.*

As aves barulhentas assustaram tanto Charles que ele derrubou o livro.

Quando o fez, um cartão quatro por quatro caiu de trás da capa.

Charles se abaixou para pegá-lo.

Impressa em um cartão estava uma silhueta preta e branca. Um jogador de futebol americano, usando uma camisa com o número dezenove (assim como Johnny Unitas), como se estivesse correndo pelo campo.

Charles sorriu.

Definitivamente estava no caminho certo.

Guardou o cartão da silhueta em seu bolso e correu de volta para o lobby para memorizar mais capas de livros.

21

— Ai! Estou presa! Socorro!

Os gritos de Haley Daley ecoaram pela escada enquanto Kyle guiava a equipe pelos degraus até o Estoque.

— Então, o que exatamente é o Estoque? — perguntou Akimi, três degraus atrás de Kyle.

— É o lugar onde a biblioteca guarda sua coleção de material de pesquisa — respondeu Sierra, que estava dois degraus atrás de Akimi.

Os três chegaram ao porão. Estava cheio de fileiras organizadas de estantes, que iam do chão ao teto.

— Socorro!

Haley parecia estar do outro lado da sala, atrás das paredes de estantes de metal cheias de caixas, livros e latas.

— O que é isso tudo? — perguntou Kyle, procurando por uma passagem, tentando descobrir como chegar onde quer que Haley estivesse.

— A maioria são livros raros e documentos que não podem ser lidos — respondeu Sierra. — Mas se preencher um requerimento, pode usar este material na sala de leitura.

Com um zumbido e um sibilo de seu motor eletrônico, um robô brilhante da cor dos stormtroopers de *Star Wars* correu por um cruzamento entre estantes. Movia-se sobre correias de tanque e tinha algo parecido com um carrinho de mercado preso à frente.

— Vamos seguir aquele robô! — disse Kyle. — Talvez saiba o modo mais rápido de chegarmos até Haley.

O trio correu por um caminho estreito até onde o robô estendeu seu braço mecânico de quatro articulações para tirar uma caixa de metal achatada de um compartimento similar a uma gaveta. A caixa estava guardada em uma seção de estantes com uma tela de LCD piscando que dizia: "Revistas & Periódicos. Década de 1930."

— Alguém lá em cima quer uma revista velha? — perguntou Akimi.

— Provavelmente estão pesquisando sobre o edifício do Gold Leaf Bank — respondeu Sierra. — Acho que foi construído na década de 1930.

— Socorro! — gritou Haley. — Estou presa.

— Aguente firme! — respondeu Kyle. — Estamos chegando.

— Bem, venham rápido!

— Por aqui — disse ele.

Eles dispararam por outro corredor, viraram à direita e viram Haley, com a mão presa em uma fenda horizontal próxima ao topo da parede do porão. Para alcançá-lo, ela teve que subir em uma esteira elevada de talvez uns nove metros de altura. Já que a coisa estava em movimento,

Haley corria sem sair do lugar para que não caísse de cara. A correia transportadora de alta tecnologia era, na verdade, uma série de rolos. Dez carrinhos robóticos — intercalados para que nenhum ficasse de frente para outro diretamente — estavam alinhados em ambos os lados.

— Acho que é um classificador automático de livros — disse Sierra. — Aquele raio laser perto dos tornozelos de Haley provavelmente escaneia a etiqueta do livro e informa à correia transportadora em qual das dez bandejas deve cair.

— Pessoal? — gritou Haley. — Rápido, me ajudem!

Kyle deu um passo para trás. Tentou avaliar a situação.

— O que é essa fenda na qual você está presa?

— A parte de baixo de um classificador idiota de livros — respondeu ela, trotando na esteira. — Vi isso no mapa do andar. As pessoas podem ir até ele do lado de fora, na calçada, e devolver seus livros. Imaginei que desse aqui embaixo.

— Boa jogada — disse Kyle. — Você poderia passar lentamente pela fenda e escapar.

— *Se* tivesse o tamanho de um livro — zombou Akimi, com sarcasmo.

— Não cheguei tão longe — disse Haley. — No momento em que pisei nessa esteira, ela começou a se mexer.

Kyle assentiu.

— Provavelmente acionada por um mecanismo de peso.

— Um livro cai aqui dentro — constatou Akimi. — O classificador liga.

— Inteligente — disse Kyle. — Além do mais, garante ao nosso jogo sua primeira armadilha para desavisados.

— Bem, o jogo não é divertido se você é o desavisado preso na armadilha! — exclamou Haley.

Kyle se virou para Sierra.

— Precisamos parar a correia para que Haley possa tirar a mão daquela fenda sem cair de bunda ou abrir a cabeça. Você já leu algum livro no qual o herói supera uma escada rolante, uma esteira de caixa registradora ligada em um supermercado ou algo do tipo?

— Não — respondeu Sierra. — Na verdade, não.

— E algum no qual o herói simplesmente desliga um interruptor de emergência para desativar alguma coisa? — perguntou Akimi. — Porque seria isso que eu faria se eu encontrasse um, sabe.

Akimi estava parada ao lado de um interruptor na parede. Ela o pressionou para baixo. A esteira diminuiu o ritmo até parar.

— Ta-da! Outro capítulo para a minha incrível e maravilhosa autobiografia... se eu escrever uma.

Haley puxou a mão para fora da fenda de devolução de livros. A mão fez um estalo quando finalmente ficou livre. A menina caiu de joelhos na esteira parada.

— Minha mão parece mais achatada do que uma panqueca — choramingou.

— Você se machucou? — perguntou Kyle. — Talvez devêssemos dizer aos seguranças que...

— O quê? Que eu tenho um dodói e preciso ir para casa? Esqueça, Kyle Keeley. Você não vai passar a minha frente com tanta facilidade.

— Não estou tentando...

Haley esticou a mão para a frente, com a palma à mostra.

— Pode parar, Kyle. — Ela desceu da esteira. — De um jeito ou outro, ganharei esse jogo. Só espero que estrelar os comerciais do sr. Lemoncello me dê um bom dinheiro.

Ela mancou entre as estantes em direção às escadas para a sala de leitura.

Quando foi embora, Akimi levantou a mão.

— Posso fazer uma pergunta?

— Sim — respondeu Kyle.

— Como que os caras dentro da sala de controle não apertaram algum botão para desligar o classificador de livros quando viram Haley correndo que nem um galgo na esteira?

Ele deu de ombros.

— Talvez não estivessem assistindo.

— Na verdade — disse Sierra, apontando para um azulejo quadrado no chão próximo ao classificador —, acho que estavam.

Kyle olhou para baixo. O azulejo brilhava como a tela de um dos tablets que ficavam lá em cima na rotunda. O menino leu as palavras que passavam pelo quadrado iluminado.

— Parabéns — leu em voz alta. — Por ajudar Haley e ser um bom jogador, você acabou de ganhar um grande favor.

O azulejo se abriu.

Dentro de um pequeno compartimento estava um tubo de papel enrolado com um cartão amarelo preso no fundo.

— Hmm — disse Akimi. — Acho que alguém *estava* assistindo.

Kyle tirou o cartão amarelo de dentro do tubo de papel. Cheirava a limão.

— O que diz? — perguntou Sierra.

Kyle virou o cartão para que Sierra e Akimi pudessem ver o que estava impresso:

SUPER-HIPER PISTA BÔNUS.

22

— Ah, cara, aquilo foi tão idiota!

Haley não podia acreditar no quão boba havia sido.

— Tentar sair por uma fenda de devolução de livros? Pfff. Como se fosse dar certo.

Ela se dava um bom sermão enquanto subia os degraus para o primeiro andar.

Quando entrou na rotunda, viu Charles Chiltington indo em direção ao lobby novamente.

Chiltington era uma cobra. Pior. Uma lesma de jardim. Talvez uma sanguessuga. Algo escorregadio e pegajoso que deixava uma trilha de gosma e gostava de roubar a ideia dos outros. Foi por isso que ele seguiu os gêmeos nerds aficionados por bibliotecas, Peckleman e Fernandez, até o segundo andar durante a caçada à sobremesa na noite anterior. Haley era esperta o suficiente para saber que Chiltington tentara roubar as ideias deles.

Na verdade, Haley era bem mais esperta do que qualquer um (com exceção de seus professores e quem quer que a tivesse ultrapassado em seus testes de QI). Com algumas pessoas, principalmente adultos e garotos bobos, fingir ser uma princesinha burra tornava bem mais fácil conseguir o que quisesse.

E o que ela queria agora, neste momento, era dinheiro. Muito dinheiro. Seu pai estava sem trabalhar há praticamente um ano. A família gastara todas as suas economias. Precisavam pedir emprestado a parentes e cônjuges.

Se Haley conseguisse ganhar esta competição e se tornar a porta-voz do sr. Lemoncello, os problemas financeiros de sua família acabariam e eles não teriam que vender sua casa. E assim que outras pessoas a vissem na TV com os jogos Lemoncello, iriam querê-la em seus comerciais também. E em filmes. Talvez conseguisse seu próprio seriado. Alguma coisa no Disney Channel.

Mas para que aquilo acontecesse, Haley precisava ter uma ideia vencedora... e rápido. Algo melhor do que "se arrastar por uma fenda na qual mal cabia seu punho". Talvez devesse dar descarga em si mesma e escapar pelos esgotos como Charles tinha feito naquele videogame.

Ela foi até o Café Cantinho Literário para que pudesse se sentar e pensar.

Entrou no local e deu uma olhada na mesa de lanches. Havia bandejas de biscoito, morangos, bananas e brownies. Sentando-se para mordiscar um macaron, observou a fileira de livros de culinária exibidos nas estantes que revestiam a parede.

Um em particular chamou sua atenção: *Bolinhos, Biscoitos & Tortas*.

Porque a capa parecia extremamente familiar: duas ovelhas com olhos grandes feitas de bolo de chocolate com glacê e cobertas de bolinhas de marshmallow imitando lã. Haley já vira aquela capa antes.

No lobby!

Estava naquela vitrine de vidro contendo leituras memoráveis escolhidas pela equipe da biblioteca.

Ela foi até a prateleira e pegou o livro. Quando abriu a capa, encontrou dois cartões.

Um era feito de papelão branco, quatro por quatro, com a figura de uma mão apontando para ela.

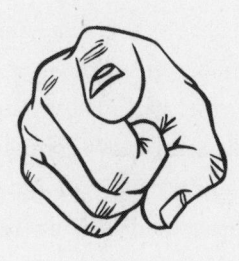

O segundo cartão era amarelo e tinha quase o mesmo tamanho de uma carta de Sorte ou Revés do Banco Imobiliário. Haley o cheirou. Parecia limão.

Ela sorriu.

— De *Lemon*cello!

Em um dos lados do cartão amarelo estava impresso:

SUPER-HIPER PISTA BÔNUS

Do outro lado, estava a seguinte pista:

SUA MEMÓRIA MARAVILHOSA LHE GARANTIU AINDA MAIS LEMBRANÇAS. VÁ PARA A SALA DE LEMBRANÇAS LEMONCELLO.

PROCURE PELO ITEM #12.

Haley colocou os dois cartões no bolso de trás de seu jeans, pegou sua planta dos andares da biblioteca e encontrou a Sala de Lembranças Lemoncello. Ficava em cima, no terceiro piso.

Certificando-se de que ninguém (isto é, Charles Chiltington) a seguia, Haley subiu uma escada em espiral silenciosamente até o segundo andar. Procurando por Chiltington mais uma vez, foi na ponta dos pés até o terceiro andar, onde encontrou a sala com a placa: "Lembranças Lemoncello: Minimuseu de Cacarecos de Interesse Pessoal e, de Certa Forma, Bizarros."

Haley abriu a porta e entrou.

A sala da frente parecia um armazém. Caixas de papelão estavam empilhadas em cima de caixotes de madeira, que ficavam sobre compartimentos de plástico cheios de papéis. Todas as caixas, caixotes e compartimentos estavam numerados. Ela viu um rotulado como "#576".

— Acho que o sr. Lemoncello nunca joga nada fora — observou Haley enquanto estudava as pilhas, procurando pelo #12 mencionado em sua pista bônus.

Ziguezagueando por entre as pilhas e colunas, ela finalmente encontrou sua Super-Hiper Pista. O item #12 era uma antiga caixa de botas de uma sapataria em Alexandriaville da qual Haley jamais ouvira falar. Alguém colocara um rótulo na tampa: "Parafernália, Equipamentos e Quinquilharias dos 12 Anos do sr. Lemoncello".

Haley abriu a tampa. A caixa estava cheia de todos os tipos de miudezas: protótipos de peças de jogos talhados à mão; um bóton vermelho, branco e azul com estrelas, em que se via escrito "H-H-H-Humphrey"; um envelope surrado e lacrado com diversas fitas.

Alguém escrevera "Primeira e Pior Ideia de Todos os Tempos" na frente do envelope com uma caneta.

Também havia uma bandeirinha da Disneylândia e uma pilha de cartas, cujos desenhos parodiavam produtos norte-americanos, enrolada com elástico.

Haley sabia que essa caixa de lembranças tinha que ser uma pista importante.

O motivo? Ela não fazia a menor ideia.

23

Kyle virou seu cartão de Super-Hiper Pista com aroma de limão e leu o que estava escrito no verso.

VOCÊ ENCONTRARÁ A VERSÃO DEFINITIVA DESTE JOGO DE TABULEIRO NA SACADA DO SEGUNDO ANDAR, CIRCULANDO A ROTUNDA.

— Hein? — perguntou Akimi. — O que isso quer dizer?

— Não sei. Vamos desenrolar o papel e dar uma olhada.

Akimi e Sierra ajudaram Kyle a prender as pontas do rolo de papel no chão de azulejos.

— Certo — disse Kyle. — Parece um rascunho antigo de um jogo de tabuleiro. Estão vendo o círculo dentro de outro círculo? É o lugar no qual você provavelmente coloca a roleta. Move suas peças pelos dez espaços...

Ele fez uma pausa.

— Espera aí.

— O quê? — perguntou Akimi.

— Você reconhece o jogo? — perguntou Sierra.

— Sim — respondeu Kyle. — Joguei esta semana com o meu irmão Curtis. É o Bibliomania Desconcertantemente Desorientadora do sr. Lemoncello. Se passa em uma *biblioteca* de faz de conta.

— E o lance de encontrar a "versão definitiva" na sacada do segundo andar? — perguntou Sierra.

Kyle sorriu.

— Você vai ver.

Subindo do porão, Kyle viu Andrew Peckleman no centro da Sala de Leitura da Rotunda, abrindo uma caixa de metal comprida que estava sobre a mesa de centro.

A imagem holográfica da sra. Tobin estava lá, sorrindo pacientemente, enquanto Peckleman retirava um tipo de revista de dentro da caixa. Miguel também estava perto da mesa da bibliotecária, aparentemente esperando sua vez para consultá-la.

— Aquela é a caixa que vimos o robô tirar da prateleira — sussurrou Akimi.

Kyle assentiu. Fez um gesto para os outros o seguirem e caminhou com cautela pela circunferência da rotunda. Akimi e Sierra se esgueiraram atrás dele.

Nas sombras do outro lado da sala, viram Haley Daley indo na direção da escada que haviam acabado de subir: degraus que a levariam de volta para o porão.

Kyle se perguntou se ela havia encontrado outra coisa através da qual passar. Se fosse o caso, torcia para que fosse maior do que uma caixa de correspondência.

— Essa é a revista *verdadeira*? — ouviu Peckleman gritar para o holograma.

— Sim, ANDREW. Isso conclui a sua Consulta à Bibliotecária. Próximo? Como posso ajudá-lo, MIGUEL?

— Não tão rápido — interrompeu Andrew. — Eu não terminei.

— Hmm, sua consulta acabou de se encerrar — falou Miguel.

— Quem disse?

— A bibliotecária.

— MIGUEL? — chamou o holograma da sra. Tobin. — Qual é a *sua* pergunta?

— Desculpe, cara. Eu disse.

— Ela é que nem a sra. Yunghans na escola — disse Peckleman. — Todas as bibliotecárias gostam mais de você do que de mim!

— Ei. Calma aí.

— Você vai ver, sra. Tobin! Vocês todos vão ver. Vencerei Miguel Fernandez de lavada! E quando isso acontecer, vou mandar o sr. Lemoncello demiti-la!

— Ela é um holograma — disse Miguel com uma risada. — Você não pode demitir alguém que não existe de verdade.

— Então direi ao sr. Lemoncello para tirá-la da tomada.

Peckleman pegou sua revista e saiu irritado da rotunda para o lobby.

— Acho que Andrew planeja fazer alguma coisa com a porta da frente — sussurrou Kyle para Akimi.

— Bem, isso é muito idiota. Eles já nos disseram que a saída não é pelo mesmo local que entramos.

— Talvez Andrew ache que a dra. Zinchenko não estivesse falando a verdade — sugeriu Sierra.

— Venham — chamou Kyle, guiando seu time em direção à escada mais próxima para o segundo andar. Olhando por cima do ombro, viu Miguel colocar um pedaço de papel na mesa em frente à bibliotecária semitransparente.

— Esse item foi temporariamente removido do Estoque, MIGUEL — informou a sra. Tobin. — Você o encontrará em uma vitrine perto da maquete original de Winkle e Grimble. Deixe-me dar a você a localização.

Houve um ruído áspero, como aquele que se ouve ao retirar os ingressos de uma máquina no cinema. Miguel arrancou o papel pequeno e quadrado que saiu da mesa da bibliotecária e se virou.

O garoto paralisou no momento em que viu Kyle, Akimi e Sierra se esgueirando pela sala atrás dele.

24

— Oi — cumprimentou Miguel, escondendo o pedaço de papel minúsculo atrás do corpo. — E aí?

— E aí? — respondeu Kyle. — O que houve?

— Nada. Só, você sabe, trabalhando no jogo.

— Sim. A gente também.

— Beleza. Até mais.

— Até mais.

Os dois garotos bateram nos próprios peitos com os punhos, como jogadores de beisebol fazem. Miguel se virou e correu para uma escada que dava no segundo andar.

— Vamos, pessoal — disse Kyle enquanto corria em direção a outro lance de degraus.

Quando ele, Akimi e Sierra chegaram à sacada, viram Miguel correr para o terceiro andar. Assim que este desapareceu de vista em uma sala lá em cima, Kyle desenrolou o rascunho do jogo.

— Vejam o desenho e depois olhem para o chão — instruiu Kyle.

— São iguais! — exclamou Sierra.

— Exatamente. Uma sala circular com uma mesa redonda no centro daquele círculo.

— Irado — disse Akimi. — E existem dez portas em volta da sacada aqui do segundo andar, assim como no jogo de tabuleiro.

Kyle apontou para a representação da roleta no canto direito do rascunho do jogo.

— Estão vendo como a roleta é dividida em dez seções de cores diferentes, numeradas de zero a nove?

— Parece a Cúpula das Maravilhas — disse Akimi — quando não está no modo de caleidoscópio ou passando um vídeo que faz com que você pense que o prédio está sobrevoando o Alasca, o que me faz ficar muito enjoada.

— Bem, no jogo você tem que ir até todas as salas com classificação decimal de Dewey e responder a uma pergunta sobre um livro. Se acertar a resposta, coloca um exemplar em sua prateleira e passa para outra parte da biblioteca. Quando possuir dez livros, um de cada sala, é basicamente uma corrida para ver quem sai do local primeiro.

— Certo — disse Akimi, parecendo animada. — Isso é bom. Isso é incrível.

— Exceto que está faltando uma coisa — retrucou Kyle.

— O quê? — perguntou Sierra.

— O sr. Lemoncello sempre cria um atalho inteligente em seus jogos. Por exemplo, em Loucura em Família...

— Você pode utilizar a calha de carvão como escorrega para entrar na mansão do milionário no final — disse Akimi.

— Exatamente. E naquele jogo do castelo, Charles saiu pelo esgoto. De qualquer forma, quando meu irmão Curtis me venceu no Bibliomania...

— Você perdeu? — Akimi ficou surpresa.

— Acontece. De vez em quando. Mas só porque Curtis usou este atalho. — Kyle tocou um quadrado preto no diagrama do jogo. — Saiu direto na rua. Ele me venceu por uma rodada da roleta.

— Eu não vejo nenhum quadrado preto no chão da nossa rotunda — disse Akimi.

— Talvez — cogitou Sierra —, para essa nova versão do jogo, o sr. Lemoncello tenha colocado o quadrado secreto em algum lugar que não seja a sala principal.

Kyle assentiu.

— E talvez, para ganhar esse *novo* jogo, tenhamos que jogar o *antigo*.

— Você é um gênio! — exclamou Akimi.

— Não. Meu irmão Curtis é o gênio. Eu só gosto de jogar. Então, bibliotecas ao menos *têm* jogos de tabuleiro?

— Claro — respondeu Sierra. — Eu acho. Quer dizer, a biblioteca da cidade do meu pai tem.

— Qual departamento? — perguntou Akimi, pegando sua planta dos andares.

— Infantojuvenil.

Akimi apontou para a sua planta.

— Terceiro andar. As escadas estão ali.

— Vamos! — disse Kyle.

Mas antes que pudessem sair, ouviram a voz do sr. Lemoncello ecoar pela rotunda.

— Está pronta para o seu Desafio Extremo, Bridgette?

Kyle e seus colegas de equipe espiaram por cima do parapeito da sacada. Bridgette Wadge estava sozinha diante da mesa da bibliotecária, olhando para o teto.

— Sim, senhor — respondeu.

— Tem certeza? — A voz do sr. Lemoncello retumbou dos autofalantes ocultos. — Você ainda tem vinte e duas horas para encontrar a saída.

— Quero fazer isso agora, senhor. Ter uma vantagem sobre todos os outros.

— Muito bem. Dra. Zinchenko? Zere as estátuas.

As dez estátuas holográficas em seus nichos recuados se apagaram, deixando espaços escuros e vazios.

— Esse Desafio Extremo é baseado no jogo de cartas clássico chamado Jogo dos Autores — informou o sr. Lemoncello. — Aqui estão os autores de seu baralho.

Como mágica, novas estátuas holográficas apareceram enquanto o sr. Lemoncello listava o nome dos autores.

— Charles Dickens, Raymond Chandler, Edgar Allan Poe, Agatha Christie, Patricia Highsmith, Mario Puzo, Frederick Forsyth, John Le Carré, Dashiell Hammett e Fiódor Dostoiévski.

— Ele escreveu *Crime e Castigo* — disse Bridgette, animada.

— De fato, escreveu.

— Na verdade — constatou a menina —, todos esses autores escreveram romances policiais.

— Certo de novo. No entanto, essa é a parte fácil. Dra. Z? Como tornamos esse jogo de autores ridiculamente difícil o suficiente para se qualificar como um Desafio Extremo?

— Simples — ecoou a voz da bibliotecária sob a cúpula. — Você terá dois minutos, Bridgette, para citar quatro livros escritos por cada um de nossos autores.

Kyle engoliu em seco.

— Isso é impossível — sussurrou.

— Na verdade, não — discordou Sierra. Ela estava prestes a começar a dizer títulos quando o sr. Lemoncello disse "Vai!". O som dos ponteiros de um relógio reverberou pela sala.

— Hmm, certo — disse Bridgette, do primeiro andar. — Agatha Christie. *Assassinato no Expresso do Oriente, O Caso dos Dez Negrinhos, Morte no Nilo, A Ratoeira.*

Em algum lugar, um sino tocou e a dama britânica com sapatos elegantes desapareceu.

— Poe. *Os Assassinatos da Rua Morgue, A Máscara da Morte Rubra, A Carta Roubada, O Barril de Amontillado.*

Outro sino. Outra estátua desapareceu.

Bridgette continuou.

— Cara — sussurrou Kyle —, em qual ano ela está? Faculdade?

— Sétima — respondeu Akimi. — Assim como a gente.

Bridgette Wadge continuou a passar pelos autores. O sino continuou tocando.

Mas o relógio também continuava tiquetaqueando.

— Dez segundos — informou o sr. Lemoncello.

Bridgette guardou o mais difícil para o final.

— Fiódor Dostoiévski. *Crime e Castigo.* Hmm, *Crime e Castigo...* Aquele sobre os irmãos... *Os Irmãos...*

E então ela travou.

Havia acabado o gás.

Uma campainha soou.

— Perdão, Bridgette — disse a dra. Zinchenko. — Mas, conforme avisamos, os Desafios Extremos são extremamente difíceis. Você irá para casa com adoráveis presentes por sua participação. Faça a gentileza de entregar seu cartão da biblioteca para Clarence e obrigada por jogar Fuga da Biblioteca do sr. Lemoncello.

— É, isso me convenceu — murmurou Kyle. — Eu *nunca, jamais* pedirei por um desses negócios de Desafio Extremo.

— Nem eu — concordou Akimi.

— Talvez eu peça — disse Sierra. — Talvez.

E então ela mostrou para Kyle e Akimi o pedaço de papel amassado no qual escrevera *cinco* títulos de livros de cada um dos dez autores.

25

Akimi pegou na maçaneta da porta que dava na Sala Infantojuvenil.

— Está trancada

— Aqui — disse Sierra. — Use o meu cartão.

— Huh, seus livros no verso do seu cartão também são diferentes — notou Akimi.

— Acho que todos são. Peguei *Admirável Mundo Novo* e *A Ilha Misteriosa*.

Akimi passou o cartão de Sierra na fenda do leitor acima da maçaneta. A porta fez um clique. Kyle a abriu.

As paredes da Sala Infantojuvenil estavam pintadas de roxo e amarelo. Havia tapetes em espiral no chão com estampa de zebra e um conjunto de pufes. Alguns sofás tinham sido feitos para parecerem suportes para as peças de Scrabble, com almofadas quadradas de letras.

Akimi cutucou Kyle nas costelas.

— Dê uma olhada.

No canto extremo ficava uma cabine de venda de ingressos, do tipo que se vê em parques de diversão, com um boneco mecânico sentado no interior. Um pôster que dizia "Diversão & Jogos" pendia do seu teto listrado. O boneco dentro da cabine de vidro?

Ele se parecia com o sr. Lemoncello.

Não usava um turbante, mas o manequim do sr. Lemoncello fez Kyle se lembrar das máquinas que revelam o futuro, chamadas Zoltar Speaks, que vira em fliperamas.

— Este não é ele de verdade, é? — perguntou Akimi, que estava bem atrás de Kyle.

— Não. É um boneco mecânico.

O autômato imóvel usava uma cartola preta e uma jaqueta vermelha brilhante de apresentador de circo. Já que a cabine tinha o pôster "Diversão & Jogos", Kyle imaginou que tivesse que falar com o boneco para conseguir um jogo.

— Hmm, olá — disse ele. — Gostaríamos de jogar um jogo de tabuleiro.

Sinos tocaram, apitos apitaram e luzes de neon piscaram. O sr. Lemoncello mecânico ganhou vida.

— Se você quer um jogo, apenas diga o nome.

A mandíbula quadrada do boneco em tamanho real se abriu e fechou, quase em sincronia com as palavras.

— Você tem o Bibliomania Desconcertantemente Desorientadora do sr. Lemoncello?

— Por acaso Joey Pigza perdeu o controle? Foi Ella encantada?

— Hein?

— Apenas diga sim — sugeriu Sierra.

— Sim — obedeceu Kyle.

— Bom, grande Gilly Hopkins — disse o boneco do sr. Lemoncello —, aqui vai!

Kyle ouviu alguns barulhos mecânicos e zunidos. Em seguida, com uma pancada, uma abertura larga se abriu na frente da cabine e uma caixa de jogo deslizou para fora.

— Divirta-se! — disse o boneco. — E lembre-se, não importa se você ganha ou perde, o que vale é como se joga. Então certifique-se de ler as instruções para que saiba como *jogar o jogo*.

Kyle levou a caixa até uma mesa.

— Certo — disse ele, levantando a tampa —, vamos arrumá-lo e...

Houve um bipe e a porta se abriu.

— Onde está ele?

Andrew Peckleman entrou na sala de repente, balançando sua revista antiga, algo chamado *Ciência Popular*.

— Quem você está procurando? — perguntou Kyle.

— O sr. Lemoncello. Ouvi a voz dele. Ele está aqui?

Kyle apontou para o boneco imóvel do sr. Lemoncello sentado na cabine de ingressos.

— É um boneco.

Peckleman virou a cabeça de um lado para outro.

— Tem alguma câmera aqui?

— Bem acima da porta.

Peckleman se virou para encará-la. Kyle, Akimi e Sierra formaram um escudo humano para esconder sua caixa do Bibliomania.

— Quero usar uma segunda vida! — gritou Peckleman para a câmera. — Quero falar com um expert!

— Muito bem — disse uma voz calma que Kyle reconheceu de imediato como sendo da dra. Zinchenko. — Com quem deseja falar?

— Com o cara que escreveu esse artigo idiota, na revista, sobre arrombar cofres na década de trinta!

— Receio que não possamos conseguir isso para você, Andrew.

— Por que não? O cara é um imbecil. Não me disse nada sobre como abrir a porta da frente, que é o que a pesquisa do Google informou que essa revista faria!

— Nós dissemos que o caminho de saída não é o de entrada.

— Isso foi só uma pista falsa! Um truque para nos enganar, é claro.

— Não, Andrew. Não foi. Qual é o título do artigo?

— "Cofres do Novo Banco Desafiam o Ladrão."

— Ah. Bem, isso deveria ter sido uma dica. Aparentemente, o repórter concluiu que ladrões *não* conseguiriam abrir as portas do cofre. Quando se faz uma pesquisa na internet, é importante...

— Deixe-me falar com o imbecil idiota!

— Desculpe. Aquela revista foi publicada em 1936. O repórter está morto.

— Bem, então, eu quero falar com o sr. Lemoncello!

— Perdão?

— Quero falar com o sr. Lemoncello!

— Isso é altamente irregular...

— E esse jogo também. Vocês arrumaram tudo para que Miguel Fernandez vença. Eu sei que sim! É por isso que o sr. Lemoncello está com medo de falar comigo.

Kyle ouviu o boneco da cabine voltar à vida.

— Olá, Andrew. Como posso ajudá-lo?

Esse Lemoncello não soou como uma gravação. Aparentemente o homem estava usando o boneco para conversar.

— Sua biblioteca é um chiqueiro! — gritou Peckleman.

— Ah, céus. Vocês, meninos, têm jogado aquele jogo do esgoto do castelo de novo?

— Não! Mas essa porcaria de artigo deveria ter me dado a porcaria da resposta, mas a porcaria do autor não escreveu o que deveria ter escrito.

— Compreendo. E você pode reformular essa frase e fazer dela uma pergunta?

— Quantas posso perguntar?

— Apenas uma. E só.

— Certo. Você é o expert neste novo jogo idiota de biblioteca. Então onde está o seu competidor preferido? Onde está Miguel?

— Essa é a sua pergunta final?

— Sim!

— Presumindo que nossos monitores de vídeo estejam corretos, o sr. Fernandez se encontra do outro lado do terceiro andar, fazendo pesquisas na Sala de Arte e Artefatos.

— Obrigado!

Andrew saiu correndo porta afora.

O boneco Lemoncello se recostou e desfaleceu para seu modo desligado.

Kyle levantou com pressa da mesa.

— Venham — chamou Akimi e Sierra.

Akimi suspirou.

— Aonde estamos indo *agora*?

— Nos certificar de que Peckleman não fará nada estúpido que acabe tirando Miguel do jogo.

— E por que faríamos isso?

— Porque Miguel é nosso amigo.

Akimi olhou para a sua planta dos andares.

— A Sala de Arte e Artefatos é do outro lado do círculo.

— Sierra... fique aqui e vigie a caixa do jogo. Venha, Akimi.

Kyle e Akimi deram a volta na sacada do terceiro andar para chegar ao outro lado. O menino olhou para o seu relógio. Eram quase três da tarde. Eles realmente precisavam começar a se focar no Jogo e deixar de lado as distrações.

À medida que se aproximavam da Sala de Arte e Artefatos, houve um grito, e a porta se escancarou. Andrew Peckleman saiu dela correndo.

Atrás dele, uma mulher com a cabeça e a cauda de uma leoa e um Faraó com uma coroa de cobra.

O Faraó parou.

— Que cebolas nasçam em sua cera de ouvido!

E uma série de hieróglifos holográficos dançaram pelo ar.

Andrew Peckleman correu até uma escada, agarrou os dois corrimões e desceu para o segundo andar. Os egípcios desapareceram.

Kyle e Akimi entraram na Sala de Arte e Artefatos e encontraram Miguel sentado a uma mesa com o que pareciam ser plantas de construção.

— Você está bem? — perguntou Kyle.

— Sim, cara. Estou bem. Obrigado.

— Aqueles caras perseguindo Andrew. De onde eles vieram?

— Hologramas da exposição gigante da Esfinge e Pirâmide de Lego.

— Então por que se viraram contra Andrew? — perguntou Akimi.

— Não sei. Num minuto, ele estava gritando comigo. No outro, o Faraó e Sekhmet estavam gritando com ele.

— Sek-quem? — perguntou Kyle.

— Sekhmet — respondeu Akimi. — A deusa egípcia que é uma guerreira leoa. Você não leu *A Pirâmide Vermelha*, de Rick Riordan?

— Está na minha lista — disse Kyle. Ou estaria. Ele definitivamente precisava começar uma lista de leitura em breve para que pudesse alcançar os demais.

— Aposto que os seguranças na sala de controle enviaram os hologramas egípcios quando viram que Andrew vinha para cá que nem um louco — disse Akimi.

— Que bom — disse Miguel. — Uma biblioteca deve ser um local para contemplação pacífica.

Foi aí que Sierra Russell entrou correndo na sala.

— Pessoal! Assim que vocês saíram! O boneco do sr. Lemoncello cuspiu uma carta bônus!

26

— Muito esperto — disse Charles, pegando outro cartão silhueta de dentro de um livro.

Essa capa tinha sido fácil de encontrar. Era o terceiro livro, da prateleira de cima, da vitrine Escolhas da Equipe. A imagem na frente era uma silhueta de boneco indicando a saída de emergência. O título? *Placas de Sinalização Universais* da renomada Abigail Rose Painter. Charles havia encontrado o livro correspondente na sala dos 300s, no segundo andar. Os 300s eram todos sobre ciências sociais, incluindo coisas como comércio, comunicações e — tcharam! — transportes.

A imagem também se encaixava perfeitamente no pictograma que ele encontrara na sala dos 200s, em um livro chamado *Ciência e Religião*. O livro de beisebol era a primeira capa da *segunda* prateleira na vitrine e dera a Charles um cartão com a silhueta do que ele presumia ser uma capela.

Interpretando as imagens da esquerda para a direita, em seguida para baixo — da mesma forma que se lê um livro —, Charles sabia que estava no caminho certo. O livro com a placa dizia "sair", e a da capela, "pela".

Colocando as duas palavras das imagens juntas, ele tinha "sair pela".

Claramente, se pudesse encontrar todas as doze silhuetas, a vitrine de Escolhas da Equipe o diria por onde sair da biblioteca (embora ele não fizesse a menor ideia do que a imagem que encontrara primeiro, a do jogador de futebol americano, tinha a ver com a fuga do local... pelo menos não ainda).

— Três já foram, faltam nove — disse Charles, dando uma piscadela para a câmera de segurança mais próxima. — E, sr. Lemoncello, se estiver assistindo, posso apenas dizer que você é um homem extremamente brilhante?

Charles nunca havia puxado o saco de uma câmera de vídeo antes. Imaginou que valeria a pena. Talvez o sr. Lemoncello o enviasse uma pista bônus ou algo do tipo.

Em vez disso, quando Charles saiu da sala dos 300s, alguém o enviou Andrew Peckleman. O geek de biblioteca com óculos fundo de garrafa estava espumando de raiva enquanto descia a escada e pisava com força na sacada do segundo andar.

— Biblioteca idiota. Lemoncello idiota. Esfinge e também Sekhmet idiotas.

— Por que essa raiva, Andrew? — perguntou Charles.

— Porque este jogo é uma porcaria. O sr. Lemoncello acabou de enviar um monte de hologramas vomitando hieróglifos atrás de mim. Ele poderia arrancar o olho de alguém com aquelas coisas.

— Sério? Com um holograma?

— Ei, eles são feitos de laser, não são?

— De fato. Aliás, falando em hieróglifos, onde posso encontrar um livro com linguagem de imagens?

— Haha! Por que eu deveria ajudar você?

— Porque Kyle Keeley está trabalhando com Akimi Hughes *e* Sierra Russell. Imagino que é só uma questão de tempo até o seu amigo Miguel Fernandez entrar no time deles também.

— Miguel não é meu amigo! E depois, sou melhor em encontrar o meu caminho em uma biblioteca do que ele jamais será.

— Eu sei. É por isso que quero você no meu time.

— Sério?

Charles sorriu. Garotos como Andrew Peckleman eram tão fáceis de manipular.

— Ah, sim. Trabalhe comigo, e garanto que o mundo saberá que *você* deveria ser o assistente da bibliotecária na Alexandriaville Middle School.

— Os quatrocentos! — falou Andrew, de repente.

— Perdão?

— É onde você encontrará os livros com hieróglifos e todos os tipos de linguagem. Se quiser códigos secretos, eles estão na sala dos seiscentos. Dos seiscentos e cinquenta, sendo mais exato.

Charles estendeu a mão.

— Bem-vindo ao time Charles, Andrew.

Os novos companheiros de time entraram na sala dos 400s. Por algum motivo, estava escura como nanquim e cheirava a pinheiros.

— *Bienvenida! Bienvenue! Witamy! Kuwakaribisha!* Bem-vindos! — ecoou uma voz dos autofalantes do teto. — Esta é a sala dos quatrocentos, casa das línguas estrangeiras. Aqui, CHARLES e ANDREW, vocês poderão aprender tudo sobre sua ascendência americana.

Uma fila de holofotes se acendeu.

Charles e Andrew estavam cara a cara com uma fileira de quatro manequins sem características, figuras em branco. Um projetor acima exibiu um filme no boneco número dois, tornando-o uma mulher feliz que parecia uma comissária de bordo.

— Olá e sejam bem-vindos à *sua* ascendência americana. Eu sou a Debbie. Vamos começar a sua jornada!

— Tá tranquilo — disse Charles. — Estamos bem ocupados.

— Vamos começar a sua jornada — repetiu o manequim.

Charles suspirou. Obviamente, não havia jeito algum de desligar aquele projetor idiota. Era melhor que apressasse as coisas dizendo ao boneco o que este queria ouvir.

— Certo. Mas podemos prosseguir com a versão resumida? Estamos com um pouco de pressa.

— É — acrescentou Andrew —, temos que fugir daqui antes do meio-dia de amanhã.

A mulher, cujo corpo permanecia parado enquanto um filme fazia com que seu rosto e vestimentas ganhassem vida, lembrava Charles das estátuas de cemitério da Mansão Assombrada na Disney World.

— Enquanto pesquisamos suas árvores genealógicas — disse ela —, por favor, desfrutem desse filme breve e informativo.

— Isso é parte do jogo? — sussurrou Andrew para Charles.

— Pode ser. Preste atenção em possíveis pistas bônus.

— Tá. Como elas são?

— Quem sabe?

Uma tela atrás dos manequins de tamanho real ganhou vida com todo tipo de imagens arranhadas de pessoas agrupadas no convés de um navio próximo à Estátua da Liberdade.

— Por décadas — narrou a voz que vinha do teto —, bibliotecas públicas serviram com orgulho os cidadãos mais recentes dos Estados Unidos... os imigrantes que enchiam essas praias, desejando liberdade para construir seus próprios sonhos americanos.

Charles não estava nem um pouco interessado nesse tipo de coisa. Seus ancestrais eram todos *americanos*; a única língua que falavam era inglês.

— Sim, a biblioteca é o primeiro lugar no qual muitos desembarcados se aventuram primeiro. Para aprender o idioma de sua nova pátria. Para se manter em contato com o mundo que deixaram para trás. Para pesquisar por empregos remunerados que os tornem habitantes produtivos de suas casas recém-adotadas!

O filme se dissolveu em escuridão.

— Obrigada por sua gentil atenção — agradeceu a alegre Debbie. — Completamos as suas árvores genealógicas americanas. Vamos conhecer seus primeiros ancestrais americanos!

Dois manequins ganharam vida projetada, ambos vestidos com trajes tradicionais de peregrinos de Ação de Graças.

— Já sei quem são — disse Charles. — Aqueles são John Chiltington e sua esposa, Elinor. Vieram da Colônia de Plymouth, no navio *Mayflower*. Podemos passar para a família do Andrew? Por favor?

— É claro — concordou Debbie.

Os manequins rapidamente explicaram os ancestrais de Andrew Peckleman. Aparentemente, o nome original da família era Pickleman, porque eles faziam picles. Após uma longa exibição de pessoas que trabalhavam com isso, os bonecos adquiriram as feições do ancestral mais famoso de Andrew, um homem com óculos de armações grossas e um blazer de tweed, chamado Peter Paul Peckleman.

— Apareci na televisão no programa de auditório *Concentration*, em 1968 — anunciou —, e ganhei um cômodo cheio de mobílias e revestimento de madeira para a minha sala de estar.

Charles sorriu. Ele sabia que o *Concentration* era bastante similar ao Enigma Fenomenal de Imagens e Palavras do sr. Lemoncello, um dos jogos que havia escolhido na loja de brinquedos. O motivo da fama de Peter Paul Peckleman era mais uma confirmação de que juntar as imagens do enigma ajudaria Charles a sair da biblioteca.

Ele estava certo.

Os bonecos tinham acabado de lhe dar uma pista.

27

Animada com o surgimento repentino de uma segunda carta de pista, Sierra a leu em voz alta:

— "Dois mais dois pode ser bem mais que quatro."

Akimi ergueu a mão.

— Sim? — perguntou Sierra.

— Você se deu conta de que o Miguel aqui não faz parte do nosso time?

— Ah. Verdade. Desculpe.

Miguel se virou para Kyle.

— Vocês são um time?

— Sim. Quer participar?

— Talvez. Não tenho certeza. Pergunte de novo mais tarde, cara.

— Sem problema — disse Kyle.

Ele bateu com o punho no próprio peito. Miguel fez o mesmo. Estavam gesticulando sinais de paz um para o outro quando Sierra disse:

— Acho que isso quer dizer que todos deveríamos jogar juntos como um time. Lembrem-se do que diz a fonte lá embaixo no lobby: "O conhecimento que não é dividido permanece desconhecido."

— Talvez — replicou Miguel. — Como eu disse... dou a resposta para vocês mais tarde. Estou trabalhando em algumas coisas sozinho. Como um viajante solitário.

— Claro. Sem problema. — Kyle estava prestes a fazer todo o cumprimento de punho-no-peito-e-sinal-de-paz novamente quando algo lhe ocorreu. — Miguel? Pergunta rápida: o que tem no seu cartão da biblioteca?

Miguel deu de ombros.

— Meu nome e o número um.

— Mais alguma coisa? Tipo, no verso?

— Nada demais. Uns livros.

— Dois?

— Sim.

— Quais são os títulos?

Miguel mordeu o lábio de baixo.

— Não quero dizer.

— Porque você acha que podem ser pistas?

— Não vou dizer o que eu estou pensando ou deixando de pensar, cara.

Kyle assentiu.

— Tem dois livros diferentes no verso de cada cartão da biblioteca — disse Akimi, pensando em voz alta. — "Dois mais dois pode ser bem mais que quatro." Os títulos dos livros *são* um tipo de pista. Meus livros são *Mil...*

— Hmm, Akimi?

Kyle balançou a cabeça. Acenou na direção de Miguel.

— Certo. Desculpe. Foi mal.

— Tá, Miguel — disse Kyle. — Se e quando você decidir fazer parte do nosso time, pode nos mostrar os dois livros no verso do seu cartão, mostraremos os nossos para você. Também dividiremos o prêmio por quatro. Tudo bem?

— Tudo bem.

— Vamos, pessoal — gesticulou Kyle em direção à saída.

— Aonde vocês estão indo? — perguntou Sierra.

Kyle falou em tom baixo:

— Para o Centro Eletrônico de Aprendizado.

— Você quer jogar videogame? — perguntou Akimi.

— Agora? É sério, Kyle, talvez devêssemos repensar seu status como capitão do time.

— Não quero jogar videogame. Quero dar uma olhada na pilha de descarte.

— Hã?

— Os cartões que os jogadores que foram para casa mais cedo deixaram naquele aquário!

— Vou com vocês, pessoal — disse Miguel. — Andei pensando sobre aqueles cartões extras também.

— Tudo bem — concordou Kyle. — Tanto faz.

Quando entraram na sala de jogos, viram Clarence, com seus braços cruzados sobre o peito parecendo um gênio da lâmpada. Estava parado vigiando a pilha de descarte.

— Posso ajudá-los? — perguntou.

— Hmm, sim — disse Kyle. — Queremos dar uma olhada nos cartões que estão no aquário.

— Perdão — respondeu Clarence. — Vocês não podem ficar com eles.

— Mas — disse o sr. Lemoncello, seu rosto aparecendo de repente em cada tela de vídeo na sala — vocês podem ganhá-los.

Usando uma gravata-borboleta de bolinhas e um paletó moderno como se fosse um apresentador de programa de auditório, o sr. Lemoncello tinha um braço apoiado em um pódio comprido de acrílico. Atrás dele, a dra. Zinchenko — toda elegante em um minivestido vermelho e reluzente — parecia uma das modelos que apontam para os prêmios na televisão.

— Estão todos os quatro prontos para jogar Vamos Fazer Um Trato?

Quando o sr. Lemoncello disse isso, pressionou um botão vermelho enorme em seu pódio. Uma plateia pré-gravada de estúdio assobiou, gritou e bateu palmas.

— Hmm, o que é Vamos Fazer Um Trato? — perguntou Kyle.

— Meu primeiro jogo a ser transformado em um programa de TV. Trazido a você pelo lustra-móveis Pledge de limão!

A dra. Zinchenko começou a cantar:

— *Pledge de limão, muito bonito. Lance o brilho, bom limão...*

— Obrigado, dra. Z! — agradeceu o sr. Lemoncello, apertando o botão para fazer a plateia gritar novamente.

— Então, crianças, é o seguinte: solucionem um simples enigma, e os quatro ganharão os cinco cartões da biblioteca que estão dentro do aquário.

— E se perdermos?

— Simples. Cada um de vocês perde seu cartão e os adiciona ao aquário de descarte para que nossos próximos competidores sortudos possam tentar ganhá-los.

Ele apertou o botão mais uma vez. A plateia se animou exatamente do mesmo jeito de antes.

Kyle se virou para os demais.

— O que acham, pessoal?

— Vamos — disse Akimi.

Sierra assentiu.

— Miguel?

— Estou dentro, cara.

— Você está dentro do nosso time?

— Com certeza.

Eles tocaram os punhos para selar o acordo.

O sr. Lemoncello deve ter batido em seu botão novamente, porque o público pré-gravado do estúdio voltou a gritar.

Kyle imaginou quais seriam os efeitos sonoros caso ele e seus amigos perdessem seus cartões da biblioteca jogando Vamos Fazer Um Trato.

Gemidos, provavelmente.

E choro. Muito, muito choro.

28

— Então — disse o sr. Lemoncello —, estão prontos para jogar Arriscando Tudo por Cinco Cartõezinhos da Biblioteca?

Kyle engoliu em seco. Em seguida, assentiu.

— Certo, aqui está o seu enigma. A categoria é Citações Famosas. Vocês têm sessenta segundos para resolver esse rébus.

— Espere um segundo — pediu Akimi. — O que é um rébus?

— Você descobre as palavras de uma frase olhando imagens e símbolos — respondeu Kyle.

— Por exemplo — acrescentou Miguel —, a imagem de um carro com uma seta apontando para trás mais as letras "B", "U" e "S" significariam "rébus".

— Ah. Certo — disse Akimi. — Se vocês estão dizendo.

— Estão prontos para jogar? — perguntou o sr. Lemoncello.

Kyle olhou para os seus colegas de time, que assentiram.

— Sim, senhor.

— Então, às suas marcas... estejam prontos... vá, cãozinho, vá!

A imagem do sr. Lemoncello desapareceu. Música representando o tique-taque de um relógio batendo começou a tocar. Todas as telas de vídeo projetaram a mesma imagem:

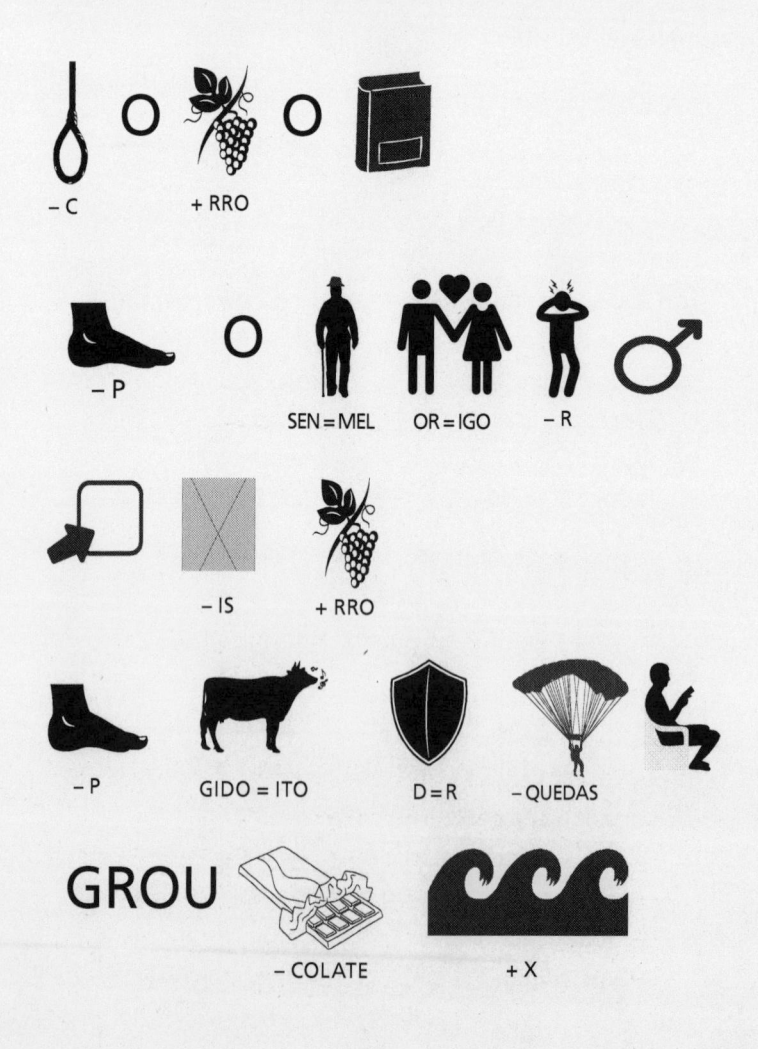

— Estamos oficialmente ferrados — disse Akimi.

— Cinquenta e cinco segundos — anunciou o sr. Lemoncello.

— Certo, vamos dividir em quatro partes — disse Kyle. — A primeira e a terceira fileiras são parecidas, eu fico com elas.

— Vou fazer a última — disse Akimi.

— Pegarei a segunda fileira — declarou Miguel.

— Vou com a quarta — anunciou Sierra.

— Cinquenta segundos — informou o sr. Lemoncello. Todos começaram a trabalhar.

— A minha é um chocolate sem o final "colate" e com o início "grou"? — murmurou Akimi. — Em seguida, um símbolo de onda ou de mar com a letra "X" no final? "Marx"? Isso faz algum sentido? Alô? Kyle? A minha segunda metade é "Marx"?

Kyle não respondeu. Estava muito ocupado decifrando suas próprias imagens.

— "Forca", tira a letra "C" — murmurou. — Depois vem a letra "O", e aí um cacho de uva mais o final "RRO".

— Quarenta segundos.

— Cachorro. — Ele passou para a terceira linha. Só precisava da primeira palavra. — Uma seta apontando para o interior de um quadrado.

— Trinta segundos.

Kyle olhou para Miguel. Ele estava mexendo os lábios, balbuciando sua parte da citação. Sierra também.

— Estão prontos, pessoal? — sussurrou Kyle.

— Só um momento — pediu Miguel.

— Vinte segundos.

— Tá. Pode ir.

Kyle leu a primeira linha:

— Fora o cachorro, o livro...

Miguel pegou a deixa:

— ... é o melhor amigo do homem.

Kyle continuou:

— Dentro do cachorro...

Sierra prosseguiu.

— ... é muito escuro para ler.

Akimi finalizou:

— Groucho Marx!

— É a sua resposta final? — perguntou o sr. Lemoncello.

— Sim — disse Kyle e, então, repetiu a frase inteira.
— Fora o cachorro, o livro é o melhor amigo do homem.
Dentro do cachorro é muito escuro para ler. Groucho Marx.

Sinos tocaram. Fileiras de luzes lampejaram. A plateia
foi à loucura. Akimi e Sierra até gritaram e se abraçaram.

— Vocês estão corretos! — exclamou o sr. Lemoncello.
— Não existe beco sem saída em Norvelt, hoje não! Pegue
aqueles cinco cartões da biblioteca, Time Kyle! Foram mais
do que merecidos!

Charles e Andrew ouviram uma comoção no terceiro
andar. Sinos tocando. Uma plateia torcendo animada.
Garotas gritando.

— Venha — chamou Charles.

Eles correram escada acima e espiaram o interior do
Centro Eletrônico de Aprendizado. Kyle Keeley e seus colegas de equipe estavam todos se abraçando e comemorando.
Em cada tela de vídeo da sala de jogos, Charles podia ver
um enigma de pictograma.

— O que está acontecendo aqui? — sussurrou Andrew.

— Eles podem estar passando a nossa frente — sussurrou Charles em resposta. — Precisamos apertar o passo. Rápido, onde eu encontraria um livro chamado *A revolta de Atlas*, escrito por Ayn Rand?

— Na sala dos oitocentos.

— Vamos.

Charles e Andrew se apressaram até o segundo andar e a sala dos 800s.

Onde encontraram Haley Daley segurando *A revolta de Atlas* de Ayn Rand.

— Ah, olá, meninos — disse ela, fechando o livro com força.

Charles foi em sua direção. Lentamente.

— Encontrou alguma coisa interessante nesse livro, Haley?

— Na verdade, não. — Ela riu. — Só um monte de baboseiras sobre trens.

Charles sabia que a menina estava escondendo alguma coisa.

— Eu me pergunto, Haley, se você e eu poderíamos ter uma conversinha? — Ele se virou para Andrew. — *Em particular.*

— Isso quer dizer que eu tenho que sair?

— Sim, Andrew. É pelo bem do time. Confie em mim.

— Certo. Mas estarei bem do lado de fora daquela porta se você decidir me passar a perna ou algo do tipo.

— Obrigado, Andrew. Só vai levar um minutinho.

Peckleman deixou a sala.

Sorrindo, Charles se aproximou ainda mais de Haley. Chegou tão perto que conseguia sentir o cheiro de seu chiclete. Ou shampoo. Talvez de ambos.

— Vamos ali — disse ele, levando a menina pelo cotovelo. — Encontrei outro livro fascinante que eu acho que você vai adorar.

Ele a levou até um ponto atrás de uma estante, no qual sua conversa não poderia ser observada pela câmera de segurança que piscava no teto.

Haley foi atrás de Charles.

Se ele estava procurando pelo mesmo livro que ela acabara de encontrar, significava que jogavam o jogo da fuga de maneira parecida. Charles Chiltington poderia ter pistas que Haley poderia usar. Pistas que ela precisava.

— Há boatos — sussurrou Charles — de que seus pais escreveram a sua redação do concurso para você.

Por dentro, Haley sorria. Obviamente, Charles tentaria intimidá-la a entrar em sua equipe. Ótimo. Ela fingiria estar com medo.

— O quê? — sussurrou Haley de volta, fingindo estar amedrontada. — Isso é mentira. Meu pai só me ajudou com a ortografia de algumas palavras.

— A-há! Então você confessa. Todas as palavras da sua redação eram de sua autoria?

OK. Isso demandaria um teatrinho mais elaborado do que o normal. Ter alguém verificando sua ortografia não era contra as regras de ninguém para nada.

Ela arregalou os olhos. Fez com que seus lábios tremessem.

— O que você quer, Charles?

— Que você entre no meu time.

— E por que eu faria isso?

— Dois motivos. O primeiro, se estiver do meu lado, seu flagrante de plágio continua sendo um segredinho só nosso. O segundo, eu sei o que fazer com aquele cartão de silhueta que você acabou de encontrar dentro de *A revolta de Atlas*.

— Sabe?

— É claro. Se dividirmos nossas pistas, as imagens criarão uma frase que nos dirá como encontrar a saída alternativa.

Haley sorriu. De verdade. Aquilo estava funcionando com perfeição. Ela conseguiria todas as pistas e, mesmo se ganhassem em equipe, o sr. Lemoncello certamente faria dela a verdadeira estrela de seus comerciais de TV. Ela tinha "brilho". Ao contrário de Charles e Andrew.

— Tudo bem — disse ela. — Fechado. Estou no seu time.

Então Haley entregou a Charles a pista que encontrara em *A revolta de Atlas*:

— É óbvio! — exclamou Charles. — Afinal de contas, esse livro está cheio de histórias sobre ferrovias.

29

— Caramba! — disse Kyle, liderando sua equipe pela sacada, de volta para a Sala Infantojuvenil. — Nove cartões da biblioteca. Isso é fantástico!

Eles se reuniram ao redor de uma mesa.

— Certo, pessoal. Hora de todos colocarem suas cartas na mesa. Literalmente.

Os colegas de equipe mostraram suas cartas. Kyle espalhou as cinco que vieram do aquário de descarte. Akimi puxou um bloco de papel e anotou todas as informações em uma lista enorme:

LIVROS/AUTORES NO VERSO DOS CARTÕES DA BIBLIOTECA

#1 Miguel Fernandez

Eneida, de Virgílio /
Mulherzinhas, de Louise May Alcott

#2 Akimi Hughes

1984, de George Orwell /
Ninoca Vai Nadar, de Lucy Cousins

#3 DESCONHECIDO

#4 Bridgette Wadge

Ah, Tudo Que Você Pode Pensar!, de Dr. Seuss /
O Senhor das Moscas, de William Golding

#5 Sierra Russell

Admirável Mundo Novo, de Aldous Huxley /
A Ilha Misteriosa, de Júlio Verne

#6 Yasmeen Smith-Snyder

Dom Quixote, de Miguel de Cervantes /
As Aventuras de Tom Sawyer, de Mark Twain

#7 Sean Keegan

Édipo Rei, de Sófocles /
O ratinho, o Morango Vermelho Maduro e o Grande Urso Esfomeado, de Audrey e Don Wood

#8 DESCONHECIDO

#9 Rose Vermette

O Apanhador no Campo de Centeio, de J. D. Salinger /
Emma, de Jane Austen

#10 Kayla Corson

As Neves do Kilimanjaro, de Ernest Hemingway /
Os Três Mosqueteiros, de Alexandre Dumas

#11 DESCONHECIDO

#12 Kyle Keeley

Diário Absolutamente Verdadeiro de um Índio de Meio-Expediente, de Sherman Alexie/
A Árvore Generosa, de Shel Silverstein

— Uau — exclamou Sierra. — São muitos livros bons. Mas o que todos esses autores e títulos significam?

— Significam que precisamos dos cartões de Charles, Andrew e Haley — disse Kyle.

— Sério? — perguntou Akimi. — Porque, se você quiser minha opinião, acho que temos informação até demais.

— Bem — disse Kyle —, talvez encontremos mais tarde uma pista que nos diga como interpretar *esta* pista.

— E como faremos isso? — perguntou Miguel.

— Você já jogou isso?

Kyle apontou para a caixa do Bibliomania.

— Não. Sempre quis.

— Estamos prestes a começar uma partida.

— Isso tem alguma coisa a ver com encontrarmos a saída da biblioteca?

— Certamente esperamos que sim — disse Akimi.

— Irado.

— Aliás — disse Kyle para Miguel —, o que você encontrou na Sala de Arte e Artefatos?

— É — reforçou Akimi. — Todos aqueles papéis que você tentou esconder da gente.

Miguel sorriu.

— As plantas originais da construção do Gold Leaf Bank.

— Inteligente — disse Kyle. — Dessa forma, você poderia procurar saídas antigas que talvez ainda existam atrás das paredes novas.

— Exatamente.

— Encontrou alguma saída extra? — perguntou Akimi.

— Não. Nenhuma janela secreta também.

— Pois é, falando nisso, por que eles construíram este lugar com tão poucas janelas?

— Para desencorajar ladrões de banco, acho — respondeu Kyle.

— Sim — concordou Miguel. — A única entrada era pela porta da frente. As saídas de incêndio somente poderiam ser abertas por dentro, como em um cinema. O cofre em si era lá embaixo, no porão.

— O sr. Lemoncello manteve toda essa segurança — disse Kyle — e adicionou a sua própria.

— Pelo menos é o que parece.

— Bem, com sorte o Bibliomania vai nos levar a alguma saída alternativa.

— E rápido — disse Akimi. — Não se esqueçam de que não somos os únicos jogando. Um dos outros provavelmente já deve estar prestes a sair.

— OK — disse Kyle —, as regras do jogo são bem simples. Gire a roleta e avance com o seu peão o número de casas indicado pelo ponteiro. Ande pela biblioteca e entre em cada uma das dez salas com classificação decimal de Dewey, nas quais poderá pegar um livro se conseguir resolver o enigma de uma carta de pistas. Caso erre, ganhará uma nova carta de pistas na mesma sala durante a próxima rodada. A primeira pessoa a preencher os dez espaços da sua "estante" e conseguir sair da biblioteca, ganha.

— É parecido com o Trivial Pursuit — comparou Sierra.

— E as perguntas não são tão difíceis porque, em maioria, são de múltipla escolha.

— Vamos ouvir uma! — pediu Miguel, ansioso.

As cartas foram separadas em dez pilhas pequenas e multicoloridas, uma para cada sala. Kyle pegou uma verde.

— OK, essa é para a sala dos oitocentos. Literatura. "Mortalmente ferido e perseguido pelos Nazgûl, Frodo Bolseiro foi carregado com segurança para o outro lado do Rio Bruinen no reluzente cavalo élfico branco de Glorfindel, chamado: A) Asphodel, B) Asfaloth, C) Almarian, D) Anglachel."

Akimi balançou a cabeça como se estivesse com dor no cérebro.

— Como é que... hã?

— Acho que a resposta deve ser a letra A — disse Miguel.

— São todas A — disse Kyle. — Asphodel, Asfaloth, Al...

— É a letra B, Asfaloth — respondeu Sierra. — É de *O Senhor dos Anéis*, de J. R. R. Tolkien.

Kyle virou a carta e leu a resposta.

— "Você acertou. Ganhou um exemplar de *O Senhor dos Anéis* para colocar em sua estante."

— Então, Kyle — disse Akimi —, como exatamente saber o nome de um cavalo élfico vai nos ajudar a sair da biblioteca?

— Talvez seja como um código secreto — sugeriu Miguel. — E os dez títulos literários irão formar uma frase nos dizendo como sair.

— Possivelmente — disse Kyle. — Mas vejo um problema.

— Qual?

— É muito aleatório. O sr. Lemoncello não teria como saber quais dez cartas iríamos escolher.

— Bem — disse Sierra —, talvez haja apenas *dez* perguntas. Uma para cada sala.

Akimi pegou as pilhas de cartas e as espalhou.

— Não. São todas diferentes.

— Espere — pediu Kyle.

Ele estava se lembrando de alguma coisa sobre outro jogo: Caça ao Tesouro Interna-Externa do sr. Lemoncello.

Da vez em que sua mãe conseguira escrever para a empresa e pedir um novo conjunto de cartas.

Ele se virou para a câmera de vídeo instalada em um canto.

— Gostaria da minha Consulta à Bibliotecária, por favor.

— O que está rolando, Kyle? — perguntou Miguel.

— Estou seguindo um palpite.

O holograma da sra. Tobin apareceu atrás da mesa de bibliotecária da Sala Infantojuvenil.

— Como posso ajudá-lo, KYLE?

— Meus amigos e eu queremos jogar Bibliomania, mas estávamos nos perguntando: existe um novo conjunto de cartas?

— Sim, KYLE. Existe.

E um novo conjunto saiu de uma abertura na mesa.

30

— Jogaremos somente uma estante — disse Kyle.

— Porque somos um time agora, né, cara? — perguntou Miguel.

— Sim. Além disso, não temos o dia todo.

— Bem — disse Akimi —, tecnicamente, temos. Na verdade, temos o restante de hoje e amanhã até o meio-dia.

— Ainda temos cerca de dezenove horas — contabilizou Miguel.

— Mas Charles e os demais — disse Sierra. — Pode ser que eles nos vençam.

— Certo — concordou Kyle. — Afinal de contas, ele é um Chiltington. E de acordo com Sir Charles, eles nunca perdem. Miguel, você é o membro mais novo da nossa equipe. Gire primeiro.

Miguel esfregou as mãos uma na outra. Flexionou os dedos. Praticou dar um peteleco com o indicador e o polegar. Certificou-se de que daria um bom estalo e a continuidade do movimento seria satisfatória.

— Você pode se apressar e girar antes que o meu cérebro exploda? — implorou Akimi.

— Sem problema.

Miguel deu um peteleco no ponteiro de plástico. Este girou no cartão de papelão, o qual era dividido em dez fatias coloridas que partiam de um mesmo centro, como se fossem raios de sol.

— Uhul! Os três zeros. Conhecimentos Gerais.

— Hmm, isso não é tão bom — comentou Kyle.

— Como assim?

— Você não avança casa alguma.

— Ah. Droga.

Akimi levantou a mão.

— Sim? — disse Kyle.

— Nós realmente temos que girar a roleta, contar espaços e toda essa porcaria? Temos um prazo. O relógio está contra a gente em tudo quanto é lugar.

— Talvez possamos apenas tirar um cartão rosa — sugeriu Sierra.

— Não é como se joga o jogo — disse Kyle.

— Hmm, não estamos exatamente jogando este jogo, Kyle — retrucou Akimi. — Estamos jogando o outro. O Grande Jogo. O que tem o prêmio gigantesco.

— Tenho que concordar com Akimi — afirmou Miguel.

— Tudo bem — disse Kyle. — É contra as regras, mas puxe um cartão rosa.

— Tem certeza, cara?

— Puxe logo um rosa!

Miguel rapidamente organizou o novo conjunto de cartões em dez pilhas de cores diferentes. Puxou um rosa do topo da pilha.

— Hmmm. Estas são diferentes das cartas convencionais.

Ele a virou e mostrou para o grupo.

0 + 27 + 0,4 = ????

— Moleza — disse Akimi. — A resposta é vinte-e-sete--vírgula-quatro, porque o zero não altera a soma.

— Não em matemática — comentou Miguel. — Mas isso não é matemática. É a classificação decimal de Dewey, e sempre tem três números à esquerda do ponto decimal.

— Precisamos encontrar um livro com o número de registro 027.4 — complementou Sierra.

— Ótimo — disse Akimi. — Mas garanto a você que não é um livro de matemática!

A equipe saiu pela sacada circulando as portas das salas com classificação decimal de Dewey.

— Aqui vamos nós — disse Miguel. Inseriu seu cartão da biblioteca no leitor de uma porta com a placa "000s".

— Certo. — Aqui encontraremos Conhecimentos Gerais. Almanaques, enciclopédias, bibliografias, livros sobre ciência da biblioteconomia...

— Isso é uma ciência? — perguntou Akimi. — Onde eles guardam as substâncias químicas?

— Na cola para papel — brincou Sierra, que estava ficando mais solta. Ela não lia uma única página de livro havia horas.

— Encontrei — anunciou Miguel, esticando-se para pegar um livro de uma prateleira. — 027.4. Cara, isto é velho. Olhe como as páginas estão amareladas.

— Então, qual é o título da velharia? — perguntou Akimi.

— *Conheça Melhor Sua Biblioteca Local*, de Amy Alessio e Erin Downey.

Miguel segurou o livro de modo que todos pudessem ver a capa. Era ilustrada com um cartum de detetive, que usava um chapéu xadrez e segurava uma lupa para examinar livros em uma prateleira.

— Parece um guia de biblioteca para crianças — disse Miguel, abrindo a capa para ler uma das páginas de dentro. — A primeira publicação foi lá em 1952. — Folheou algumas outras. — Explica a classificação decimal de Dewey. Contém um glossário de termos de biblioteca. Uma breve história das bibliotecas... — Ele chegou na contracapa. — Maneiro.

— O quê? — perguntou Kyle enquanto ele e os demais se aproximavam para ver o que Miguel encontrara.

— É um recibo de livro das antigas. Da Biblioteca Pública de Alexandriaville.

— A que eles demoliram?

— Sim. E este cartão, dentro de um envelope colado na contracapa, vem da época em que usavam um carimbo para marcar o dia de devolução do livro em uma tabela, e você tinha que assinar o seu nome abaixo de "sob responsabilidade de".

— E?

— Olha quem alugou este livro no dia 26 de maio de 1964!

Kyle e os outros olharam.

— Luigi Lemoncello!

No primeiro andar, Charles usou seu cartão da biblioteca para abrir a porta que dava no Salão de Encontro Comunitário A.

— Quem deseja o acesso a esta sala? — falou uma voz serena vinda do teto.

— Eu e os membros da minha equipe — disse Charles. — Andrew Peckleman e Haley Daley.

— Obrigada. Por favor, peça a ANDREW PECKLEMAN e HALEY DALEY que passem seus cartões no leitor agora.

Ambos obedeceram.

— Obrigada. A entrada no Salão de Encontro Comunitário A será limitada àqueles que forem aprovados pelo anfitrião, CHARLES CHILTINGTON. Tenham um boa reunião.

Charles e sua equipe adentraram a sala de conferência toda branca, lustrosa e ultramoderna. Havia doze cadeiras confortáveis ao redor de uma mesa com tampo de vidro e um gabinete cheio de equipamentos audiovisuais de última geração.

— Dá para escrever nas paredes — disse Andrew. — São como os quadros *touchscreen* da escola.

— Excelente — falou Charles, juntando as mãos atrás das costas e caminhando pela sala. — Agora, quando a gente encontrar todos os doze pictogramas e colocar em suas devidas posições na vitrine Escolhas da Equipe, eles vão formar um rébus para uma frase que, tenho certeza, vai nos dizer exatamente como sair desta biblioteca sem disparar nenhum alarme. Portanto, é hora de todos colocarmos nossas cartas na mesa.

Haley assentiu. E puxou mais duas silhuetas do bolso de trás de seus jeans.

— Encontrei um desses em um livro de receitas — disse ela. — O outro estava em um livro de ciências.

— Há cartões de notas em branco nesta gaveta — anunciou Andrew. — Deveríamos usá-las como substitutas temporárias dos livros que ainda precisaremos encontrar.

Eles montaram uma tabela três por quatro de cartões no topo da mesa.

— O que isso significa? — perguntou Andrew.

— Simples — respondeu Charles. — Significa que precisamos encontrar esses outros seis livros!

— Então, alguém faz ideia de por que deveríamos encontrar esse livro? — perguntou Kyle.

Ele e seus colegas de equipe estavam de volta à Sala Infantojuvenil, olhando para a capa de *Conheça Melhor Sua Biblioteca Local*.

— Muito cedo para dizer — afirmou Miguel. — Vamos continuar a jogar. Esse livro provavelmente fará mais sentido assim que formos para as outras salas e pegarmos mais pistas.

— De quem é a vez? — perguntou Akimi.

— Sua — respondeu Kyle. — Dê um peteleco na roleta.

Akimi bateu com o dedo no ponteiro de plástico.

— Roxo! — gritou quando o ponteiro parou. — Os oitocentos.

— Isso significa que você avança oito espaços — murmurou Kyle.

— Mas não hoje.

Akimi pegou o cartão do topo da pilha roxa. Quando viu o que estava escrito, franziu as sobrancelhas.

— Qual é a pista? — perguntou Kyle.

— Algo sobre Literatura, Retórica ou Crítica? — sugeriu Miguel.

— Não — respondeu ela. — É um coringa. Com uma charada.

— Leia! — pediu Sierra.

— "Eu rimo com bacamarte e carrapatos. Faça-me uma visita e encontre uma rima para Andy."

— Peckleman? — indagou Kyle. — Como ele colocaria seu nome em uma carta do jogo?

— Cara — disse Miguel —, ninguém chama Andrew Peckleman de "Andy". É claro, poderia significar Andrew Jackson. O sétimo presidente dos Estados Unidos.

— Ou Andy Panda — sugeriu Akimi.

— Ou Andrew Carnegie — comentou Sierra. — Ele foi um colaborador generoso de bibliotecas.

— OK — respondeu Kyle. — Vamos nos concentrar na primeira parte da charada. O que rima com "bacamarte e carrapato"?

— Marte e retratos? — sugeriu Miguel.

— Arte e formatos? — respondeu Sierra.

— Arte e *Artefatos!* — exclamou Akimi, acertando em cheio.

Eles correram até a Sala de Arte e Artefatos.

— Pessoal... chequem as vitrines — pediu Kyle. — Vejam se alguma coisa rima com a palavra "Andy".

— Bem, essa maquete do prédio do antigo banco é certamente *imponente* — disse Miguel. — E a Pirâmide do Faraó e a Esfinge estariam *quentes*, já que ficam no deserto.

— Verdade — concordou Kyle, não soando muito convencido sobre ambas as rimas.

— Vejam isto, pessoal — chamou Akimi, que estudava uma fileira de cabeças de isopor usando chapéus. — Esse Fedora quadriculado de 1968 foi usado por um cara chamado Leopold Jeffrey.

— E daí? — perguntou Kyle.

— De acordo com esta placa, Jeffrey era "um dos notórios *Dandy* Bandits. *Dandy* rima com "Andy".

— É mesmo — concordou Miguel. — Porém, "Jeffrey" não.

— Nem "Leopold" — observou Kyle.

— "Candy", doce em inglês, rima com "Andy"! — exclamou Sierra. Ela olhava para os objetos que estavam em uma vitrine sob o pôster que dizia "Bem-vindo ao Maravilhoso Mundo de Willy Wonka".

— Irado! — disse Miguel, correndo para admirar a coleção de doces fantásticos à mostra sob o vidro em um mar de veludo roxo.

— O sr. Lemoncello é bastante parecido com o Willy Wonka — comentou Kyle.

— Você quer dizer tão louco quanto? — perguntou Akimi.

— Prefiro o termo "excêntrico".

— E a dra. Zinchenko é a Oompa-Loompa dele — completou Sierra.

Todos começaram a rir.

— Não — brincou Akimi —, ela é muito alta.

— E nem chega perto de ser alaranjada o suficiente — acrescentou Miguel.

— O livro de Willy Wonka foi escrito por Roald Dahl — informou Sierra, que, conforme Kyle imaginou, também podia citar outros doze títulos do autor. — Nele, o sr. Wonka leva Charlie e Vovô Joe para casa em um elevador de vidro voador que se choca contra o telhado de sua fábrica de chocolate.

Todos pensaram sobre aquilo por um segundo.

— Então agora temos que encontrar um elevador de vidro? — perguntou Akimi. — Porque não existe um no guia dos andares.

— Mas o sr. Lemoncello é doido o suficiente para construir um — afirmou Kyle. — E se construiu, provavelmente não o colocaria na planta dos andares.

— Claro que não — concordou Miguel. — Todo mundo ia querer andar nele.

— Eu sei que eu iria — comentou Sierra.

— Então estamos realmente procurando por um elevador secreto de vidro? — questionou Akimi.

— Talvez — respondeu Kyle. — Talvez não. Isso é só um pedaço de um quebra-cabeças gigante. A gente não vai conseguir ver a imagem inteira até coletar todas as peças.

— Ou que alguém nos mostre a tampa da caixa — resmungou Akimi.

— Vejam, são apenas seis horas da noite — disse Kyle. — E reunimos uma boa quantidade de informações úteis.

— Você quer dizer uma boa quantidade de informações *aleatórias* — retrucou Akimi.

— Bem — ponderou Miguel —, assim que tivermos mais pistas poderemos usar o famoso método de "raciocínio dedutivo" de Sherlock Holmes para acharmos conexões lógicas entre todo esse lixo aleatório.

— Por mim, tudo bem — aceitou Kyle. — Mas se vamos brincar de Sherlock Holmes, precisamos girar aquela roleta e procurar por mais pistas.

— O jogo está em andamento — disse Sierra.

— O quê? — perguntaram Kyle e Akimi, juntos.

— Desculpem. É só uma coisa que Sherlock diz para Watson toda vez que fica animado.

Sherlock Holmes. Kyle acabara de descobrir mais um monte de livros para adicionar à sua lista de leitura.

32

— Certo, Sierra — disse Kyle —, sua vez.

Sierra deu um peteleco na roleta. O ponteiro parou na zona amarela dos 200s, então ela seguiu adiante e pegou um cartão da mesma cor.

— É definitivamente para a seção dos duzentos — anunciou, mostrando sua pista a Miguel antes de a revelar para Kyle e Akimi.

— Estranho — comentou Miguel.

— O quê? — perguntou Akimi antes que Kyle pudesse fazê-lo.

— Bem, os duzentos são onde eles guardam os livros sobre religiões do mundo.

— Mas tem *dois* números neste cartão — disse Sierra.

— Talvez agora precisemos encontrar *dois* livros? — sugeriu Kyle.

— Não sei — respondeu ela, estudando seu cartão. — "220.5203" é obviamente um número de registro.

— Obviamente — disse Akimi.

— Mas este outro número não está no formato devido. "Dois-vinte-quinze."

— Vinte de fevereiro de 2015! — exclamou Akimi. — Rápido, o que aconteceu nessa data?

— Hmm, ninguém sabe — disse Kyle. — Porque *ainda não aconteceu*.

— Ah. Certo. Então... e se for vinte de fevereiro de 1915?

— Essa foi a data de abertura da Exposição Universal de 1915, em São Francisco — informou Sierra.

Queixos caíram.

— Perdão. Eu sou uma grande fã de feiras mundiais.

Todos apenas assentiram.

Finalmente, Miguel quebrou o silêncio.

— Ouçam, vamos só descer para a sala dos duzentos e encontrar o 220.5203. Podemos desvendar a segunda parte depois.

A equipe desceu mais uma vez para o segundo piso e deu a volta na sacada circular.

— Ei, pessoal? — disse Sierra, olhando para as estátuas do outro lado do átrio. — Vocês lembram de como eles trocaram todos os hologramas dos autores quando Bridgette Wadge fez o Desafio Extremo?

— Sim — respondeu Kyle. — Ela estava indo bem até pegar o cara russo.

— Que cara russo? — perguntou Miguel, que não testemunhara a eliminação de Bridgette.

— Um que escreveu cinco ou seis livros que a Sierra pode listar pra você.

— Mas veja — disse ela. — Agora todas as estátuas de autores são as mesmas da noite passada.

— Então — concluiu Kyle, pensativo —, se eles conseguem alterá-las...

— Elas devem ser pistas para o nosso jogo! — exclamou Akimi. Ela pegou uma caneta e seu bloco de papel. — Vou anotar os nomes delas.

— Comece com o cara debaixo da fatia dos três zeros da Cúpula das Maravilhas — sugeriu Kyle.

— Certo.

Akimi leu os pedestais etiquetados e escreveu os nomes dos autores:

John Steinback, Aldous Huxley,
Sidney Sheldon, J. G. Ballard,
Philip K. Dick, Mary Renault,
H. P. Lovecraft, John Green
Arthur C. Clarke, Hergé.

— Então — disse Akimi quando terminou de escrever —, vocês acham que tem como este jogo ficar ainda mais complicado?

— Talvez — respondeu Kyle. — É possível que o sr. Lemoncello tenha deixado alguns caminhos diferentes para a mesma solução.

— Bem, pessoalmente, só consigo pegar um caminho por vez — disse Akimi. — Então vamos encontrar o dois-vinte-ponto-tanto-faz.

— Deve estar na próxima fileira de estantes — disse Miguel. — Aqui. 220.5203. A Bíblia do Rei Jaime.

— *Ach der lieber!* Uma excelente escolha — disse um homem com forte sotaque alemão.

Os quatro colegas de equipe se viraram.

E encontraram-se cara a cara com um homem semi-transparente em trajes medievais, com um gorro peludo e uma barba que parecia dois rabos de guaxinim costurados sob o seu nariz e queixo.

— Eu sou Johannes Gensfleisch zur Laden zum Gutenberg — disse a imagem holográfica, que possuía manchas de tinta nas pontas dos dedos.

— Você imprimiu as Bíblias de Gutenberg na sua prensa móvel! — exclamou Sierra.

— *Ja, ja, ja.* Grande best-seller. Se precisarem de ajuda com *das* Bíblia, estou aos seus serviços.

O homem se curvou.

— Ô-quei — disse Akimi, virando-se para Miguel. — Diga aí, Miguel.

— Herr Gutenberg, senhor, estamos procurando por dois-vinte-quinze.

— *Das ist einfach.*

— Hã?

— Isso é fácil. DOIS, VINTE, QUINZE é ÊXODO, capítulo VINTE, versículo QUINZE.

— É claro! — exclamou Miguel. — Êxodo é o segundo livro da Bíblia. Vinte e quinze são o capítulo e o versículo. — Ele folheou algumas páginas. — Aqui. Êxodo, capítulo vinte, versículo quinze. É um dos Dez Mandamentos: "Não roubarás."

33

— Vamos colocar os dois cartões novos na mesa — disse Charles.

Ele e seus supostos colegas de equipe, Andrew e Haley (Charles planejava dispensar os dois assim que fizesse sozinho sua gloriosa saída da biblioteca), investigaram a biblioteca juntos durante horas procurando por mais capas de livros que combinassem.

Peckleman não era nem de longe tão bom com a classificação decimal de Dewey quanto afirmara. E Charles precisava de alguém para fazer esse tipo de coisa para ele. Seu pai sempre contratara tutores ou assistentes de pesquisa para quando o filho precisava fazer trabalhos ou relatórios maiores.

Finalmente, por volta das seis, coincidentemente, na sala dos seiscentos, eles acertaram duas vezes, encontrando *Chá para Você e Eu* (641.3372) e *Por que Esperar para Perder Peso?* (613.2522).

Agora o enigma de imagens possuía apenas quatro espaços vazios:

— Certo — disse Andrew —, acho que está bem claro. "Mão ESPAÇO corre pela porta que ESPAÇO ESPAÇO tecla em jogador ESPAÇO".

— Interessante — assentiu Charles, mesmo sabendo que Peckleman estava bem longe.

— Hã, como assim? — disse Haley. — Isso não faz sentido algum.

— Claro que faz — discordou Andrew.

— Hã, não, não faz.

Em sua cabeça, Charles havia decifrado as pistas da seguinte forma: "Você ESPAÇO sair pela porta que ESPAÇO ESPAÇO entrar em jogo ESPAÇO".

Mas em voz alta disse:

— Acho que só precisamos ajustar um pouco a tradução do Andrew.

— Tudo bem. Vá em frente. Não dou a mínima.

Andrew sentou-se em sua cadeira, amuado.

— E se for "Você ESPAÇO sair pela porta que ESPAÇO ESPAÇO entrar em corrida ESPAÇO".

— E se o jogador significar "jogo" ou "jogador" em vez de "corrida"? — perguntou Haley.

— Fascinante — disse Charles. — Não tinha pensado nisso!

O que ele havia acabado de descobrir era que Haley Daley era muito mais esperta do que parecia. Ela poderia ser uma grande ameaça. E de maneira alguma Charles dividiria o seu prêmio, ainda mais com ela.

— E como você chegou ao "entrar"?

— Simples. Esta é a silhueta da tecla "Enter" do computador.

— Ok. Então, até agora, o que temos é "Você ESPAÇO sair pela porta que ESPAÇO ESPAÇO entrar, ou entra, em jogo ESPAÇO."

Agora Peckleman voltou à conversa.

— Isso faz bem mais sentido do que o que você disse, Charles.

— De fato — concordou ele, soando magnânimo. — Talvez as pistas estejam nos dizendo para localizar uma passagem secreta através de algum jogo da biblioteca.

Andrew estava animado.

— Isso parece divertido!

— Ou — disse Haley — talvez essas pistas estejam nos dizendo que precisamos sair e encontrar quatro livros que ainda não temos. Deveríamos nos separar. Voltarei à sala dos quatrocentos.

— Já passamos por lá — informou Andrew.

— Bem, vocês devem ter deixado passar alguma coisa.

— Boa ideia — assentiu Charles. Imaginou que, se Haley Daley perdesse tempo refazendo os caminhos que ele e Andrew já haviam feito, ela não encontraria nada novo e se tornaria uma ameaça menor. — Vamos nos encontrar aqui por volta das sete.

— Tudo bem.

Haley saiu do salão de encontro.

Charles foi até a porta e a fechou.

— Sabe do que realmente precisamos? — perguntou a Andrew.

— Achocolatado e talvez alguns biscoitos?

Charles balançou a cabeça.

— Não, Andrew. Precisamos das pistas que Kyle Keeley e seu time encontraram. Especialmente se tiverem os cartões que faltam para a gente.

34

Virando à esquerda assim que chegou ao segundo andar, Haley foi até a sala dos quatrocentos.

Pensou que Charles e Andrew provavelmente haviam deixado passar algo importante na sala de línguas estrangeiras porque tinham ficado tempo demais falando com "os manequins irados" que haviam dito tudo sobre sua "ascendência americana".

Assim que fez a curva, Haley viu Kyle Keeley e sua turma saindo da sala dos duzentos.

Parecia que Miguel carregava uma Bíblia.

Mas uma Bíblia não era um dos livros que estavam na vitrine de Escolhas da Equipe.

Estamos seguindo caminhos diferentes para o mesmo objetivo, pensou Haley. *E, em algum lugar, esses dois caminhos irão se encontrar.*

Haley passou seu cartão no leitor na porta dos quatrocentos. A fechadura deu um clique, e a menina abriu a porta.

A sala estava pouco iluminada.

— *Bienvenida! Bienvenue! Witamy! Kuwakaribisha!* Bem-vinda! — ecoou uma voz de uma das caixas de som do teto.

— Desculpe — disse Haley, tentando encontrar um caminho às cegas e colidindo com algo duro e disforme.

— Essa é a sala dos quatrocentos, casa das línguas estrangeiras. Aqui, HALEY, você pode aprender tudo sobre a sua ascendência americana.

Um painel de refletores se acendeu.

Haley estava praticamente abraçada a um manequim de loja de departamentos.

Um projetor acima exibiu um filme no boneco à esquerda dela, transformando-o em uma mulher altiva que provavelmente pareceria Haley alguns anos depois de se formar na faculdade.

— Olá, HALEY. Bem-vinda à *sua* ascendência americana. Vamos dar início à sua viagem!

— Está OK, não tenho tempo agora. Meu nome é Haley Daley. Meus ancestrais eram irlandeses, tá? Então podemos pular a lição de história e...

De repente, dois manequins na outra extremidade da fileira se transformaram em versões em sépia de seu tetravô e sua tetravó. Haley sabia que eram eles porque seu pai tinha um monte de fotografias antigas penduradas na sala de estar. Os dois manequins se pareciam exatamente com Patrick e Oona Daley em seu retrato de casamento.

— Nenhum homem jamais usou um cachecol tão quente quanto os braços de sua filha ao redor do pescoço — disse

Patrick com seu carregado sotaque irlandês. — Seu pai está orgulhoso de você, Haley.

— Obrigada. Mas eu realmente preciso vencer essa competição.

— Cuidado com malandros sorrateiros — advertiu Oona. — Eles roubariam até o açúcar do seu ponche.

Haley teve que sorrir. Parecia que sua ancestral conhecera Charles Chiltington.

— E lembre-se sempre, Haley — disse seu tetravô —, a mente de toda mulher é seu reino. Governe-a com sabedoria, mocinha.

— Estou tentando!

— Esta biblioteca pode ajudar — disse sua tetravó com uma piscadela.

E quando o fez, um painel secreto se abriu na parede.

— O que está acontecendo? — perguntou Haley.

— Você é nossa terceira visitante! — exclamou a anunciante animada no teto.

— E daí?

— Segundo a *Enciclopédia da Ascendência Americana*, disponível em nosso departamento de referências, por sinal, "na terceira vez é que dá certo"! Portanto, como nossa terceira visitante, você ganhou este bônus encantador.

Dois bônus em um dia?

Ela estava certa! O sr. Lemoncello definitivamente queria que Haley Daley ganhasse o jogo, porque claramente ele sabia que ela seria a porta-voz perfeita e mais bonita para os seus comerciais das festas de fim de ano.

— Não se preocupe, senhor! — disse Haley para a câmera de TV mais próxima. — Não o decepcionarei.

Ela atravessou apressada o painel aberto na parede e chegou à sala dos 300s.

Tcharam!

A primeira coisa que viu foi um dos livros pelos quais eles estiveram procurando o dia todo: *True Crime Ohio: os Criminosos Mais Notórios do Buckeye State*, de Clare Taylor-Winters.

Haley abriu rapidamente a capa e encontrou o cartão escondido. Demorou dois segundos para decifrar a pista:

— Banda. Menos A. Mais idos. Bandidos.

Haley se lembrou de algo que seu pai dizia toda hora: "A melhor maneira de guardar um segredo é não contá-lo para ninguém.".

Ela decidiu manter essa nova pista em segredo e segurança. Não a dividiria com Charles ou Andrew.

Para garantir isso, Haley tirou seu tênis esquerdo, dobrou o cartão pela metade e o pôs ali dentro. Após amarrar os cadarços novamente, pegou o exemplar de *True Crime Ohio* do mostruário e o colocou na estante, certificando-se de que estava na posição correta: entre 364.1091 e 364.1093. Assim, ela saberia onde encontrá-lo se, por qualquer motivo, precisasse do livro de novo.

A menina olhou acima para a câmera mais próxima e exibiu seu melhor sorriso de comercial de pasta de dente.

— Oooooo, Le-moncell-ooooo! É uma musiquinha que acabei de criar. Podemos usar em um dos comerciais, depois que eu ganhar!

35

— Entrada para o Salão de Encontro Comunitário B será concedida apenas a KYLE KEELEY, SIERRA RUSSELL, AKIMI HUGHES e MIGUEL FERNANDEZ — anunciou a voz feminina serena vinda do teto, após os quatro colegas de equipe passarem seus cartões no leitor da porta do salão de encontro.

— Isto faz sentido — disse Akimi. — Precisávamos de um lugar para organizar todo este material, colocá-lo nas paredes e desenhar um gráfico, da mesma forma que o FBI faz na TV quando estão atrás da máfia.

— Roubou de mim a ideia do salão de encontro, não é, Keeley?

Charles Chiltington estava parado na porta do Salão de Encontro Comunitário A, do outro lado da rotunda.

— Não — respondeu Kyle. — Só precisávamos de um lugar para comemorar a nossa vitória depois que ganharmos.

— Não vai acontecer — retrucou Charles, presunçoso.

— Será que devo lembrar a você? Eu sou um Chiltington. Nunca perdemos.

E voltou para o Salão de Encontro Comunitário A, desaparecendo de vista.

Assim que Charles foi embora, Kyle levou sua equipe para o Salão de Encontro Comunitário B.

Miguel colocou na parede as plantas do banco que encontrara, enquanto Sierra arrumou o tabuleiro do Bibliomania na mesa de conferência.

— Fico feliz que esta sala não permita a entrada de mais ninguém — disse Kyle.

— E por "ninguém", você quer dizer Charles Chiltington, certo? — perguntou Akimi.

— Exatamente.

Akimi pegou um marcador e fez um resumo organizado nas paredes apagáveis:

PISTAS ATÉ AGORA

PISTAS DEFINITIVAS

Da sala dos 000s:
Conheça Melhor Sua Biblioteca Local

Da sala Arte e Artefatos:
Willy Wonka "candy" (rima com "Andy").
Encontrar elevador de vidro?

Da sala dos 200s:
Versículo da Bíblia — "Não roubarás."

LIVROS/AUTORES NO VERSO DOS CARTÕES
DA BIBLIOTECA

#1 Miguel Fernandez

Eneida, de Virgílio /
Mulherzinhas, de Louise May Alcott

#2 Akimi Hughes

1984, de George Orwell /
Ninoca Vai Nadar, de Lucy Cousins

#3 DESCONHECIDO

#4 Bridgette Wadge

Ah, Tudo Que Você Pode Pensar!, de Dr. Seuss /
O Senhor das Moscas, de William Golding

#5 Sierra Russell

Admirável Mundo Novo, de Aldous Huxley /
A Ilha Misteriosa, de Júlio Verne

#6 Yasmeen Smith-Snyder

Dom Quixote, de Miguel de Cervantes /
As Aventuras de Tom Sawyer, de Mark Twain

#7 Sean Keegan

Édipo Rei, de Sófocles /
O Ratinho, o Morango Vermelho Maduro e o Grande Urso Esfomeado, de Audrey e Don Wood

#8 DESCONHECIDO

#9 Rose Vermette

O Apanhador no Campo de Centeio, de J. D. Salinger /
Emma, de Jane Austen

#10 Kayla Corson

As Neves do Kilimanjaro, de Ernest Hemingway /
Os Três Mosqueteiros, de Alexandre Dumas

#11 DESCONHECIDO

#12 Kyle Keeley

Diário Absolutamente Verdadeiro de um Índio de Meio-Expediente, de Sherman Alexie/
A árvore generosa, de Shel Silverstein

TALVEZ SEJAM PISTAS???

Estátuas em volta da cúpula:

John Steinback, Aldous Huxley,
Sidney Sheldon, J. G. Ballard,
Philip K. Dick, Mary Renault,
H. P. Lovecraft, John Green,
Arthur C. Clarke, Hergé.

— Uou — exclamou Akimi, dando um passo para trás a fim de estudar as paredes. — Que bagunça tremenda.

— Sim — concordou Kyle. — Certo, pessoal, ainda temos que explorar mais oito salas de livros, e quem sabe quantos coringas ainda existem. De quem é a vez?

— Sua — respondeu Sierra.

Kyle deu um peteleco na roleta.

— Verde. Os quinhentos. Ciência.

Ele puxou a primeira carta verde da pilha.

— "Quatro e vinte melros estiveram em uma torta certa vez.[1] 598.367 podem lhe dizer o motivo, talvez."

— Melros? — indagou Miguel.

— Parece que sim.

— Bem — suspirou Akimi —, vamos ver então *mais um* livro. Ainda tem tipo três ou quatro centímetros sobrando no nosso quadro.

A sala dos 500 parecia um museu de história natural em miniatura.

Além das altíssimas paredes com livros, havia todo um planetário de estrelas e constelações projetado no teto. Modelos de planetas giravam em suas órbitas. Cometas com caudas faiscantes varavam as quinas das prateleiras.

Kyle e seus colegas de equipe foram até os 590: Zoologia.

Estantes formavam um quadrado ao redor de uma área aberta, com metragem aproximada de seis por seis metros.

---

1. Referência à cantiga de roda "Sing a Song of Sixpence", cujos dois últimos versos da primeira estrofe significam: "Quatro e vinte melros / assados em uma torta" (Four and twenty blackbirds / baked in a pie) (N.T.)

Quando o time entrou no espaço vazio, as luzes diminuíram, e um homem com um longo cabelo ondulado, que parecia uma versão artística de Daniel Boone, apareceu. Usava um casaco que parecia ser de pele de urso e carregava um mosquete.

— *Bonjour* — disse o holograma.

— É John James Audubon — afirmou Sierra. — O famoso ornitologista.

— Ele coloca aparelho nos dentes das pessoas? — perguntou Kyle.

— Não — respondeu a menina, rindo. — Ele estudava e pintava pássaros.

Um melro com bico amarelo voou até a área aberta e se empoleirou no galho de uma árvore. Tanto o pássaro quanto a árvore também eram hologramas.

— Esse belíssimo melro de Alexandriaville, Ohio — informou a imagem semitransparente de Audubon —, consegue imitar sons que já ouviu.

E o pássaro começou a cantar.

— Uau! — exclamou Akimi. — Isso é igualzinho a uma sirene de polícia!

— É — concordou Miguel. — Muito louco.

— Para aprender mais — disse Audubon —, certifiquem-se de ler *Cantos, Gorjeios e Assobios de Pássaros*, escrito pela dra. Diana Victoria Garcia, com ilustrações clássicas feitas por *moi*.

Com isso, Audubon sentou-se em sua cadeira dobrável. Um cavalete apareceu, o melro fez uma pose, e o artista afeiçoado ao ar livre começou a pintar seu retrato enquanto cantarolava "Blackbird", dos Beatles, cujo título significa justamente "melro".

— Certo — disse Kyle. — Esta é a pista mais esquisita de todas.

— Bem, pelo menos o livro está aqui — disse Sierra, que havia encontrado o 598.367 na prateleira.

— Então, como os cantos e gorjeios de um melro estão relacionados a encontrar a saída da biblioteca? — questionou Akimi.

Foi nesse momento que ouviram um som bastante diferente.

De trás de uma das estantes, algo rosnou e, em seguida, rugiu.

— Vocês ouviram isso, pessoal? — perguntou Sierra.

— Sim — respondeu Akimi. — Não acho que seja um pisco-de-peito-ruivo.

Um raríssimo tigre-de-bengala branco, com olhos azuis que mais pareciam gelo, esgueirou-se de trás de uma parede de estantes e parou na área aberta na qual Audubon estava sentado pintando o retrato do pássaro.

— Hã, isso é outro holograma? — perguntou Miguel.

RAWR!

Ninguém ficou por perto para descobrir.

36

No primeiro piso, Charles e Andrew caminhavam pelo semicírculo formado pelas estantes de três andares, que iam do chão ao teto abarrotadas de livros de ficção.

Eram quase oito horas da noite.

— Precisamos encontrar aquele livro maldito — disse Charles, inclinando a cabeça para analisar as prateleiras.

— Estou ficando com fome — murmurou Andrew.

— Você fez um lanche de tarde — reclamou Charles.

— Bem, agora é hora de jantar.

— Não. Precisamos encontrar *Anne de Green Gables* primeiro.

O clássico de Lucy Maud Montgomery era o livro do meio no topo da prateleira da vitrine da Escolhas da Equipe. Até agora, Charles, Haley e Andrew não tinham conseguido encontrá-lo em lugar algum da biblioteca.

— Infelizmente — lamentou Andrew — eles apagaram temporariamente os números de registro desse livro do banco de dados.

— Para que não soubéssemos o que digitar no painel de controle da escada flutuante — resmungou Charles.

— Na verdade — disse Andrew —, eles podem ter colocado o livro na Sala das Crianças. Ou talvez na sala dos oitocentos, na parte de Literatura. Poderia estar na dos quatrocentos também, porque o original foi escrito em canadense, o que, tecnicamente, é uma língua estrangeira.

— Você já disse isso, Andrew. Repetidamente. Mas já procuramos em todos esses lugares. Várias vezes. Tem que estar aqui com os outros títulos de ficção. Você só precisa flutuar e encontrar.

— Bem — disse Andrew —, eu meio que tenho medo de altura.

— Beleza. Tanto faz. Eu subo e pego. Mas você tem que me passar algum tipo de número de registro para digitar na plataforma flutuante.

— Lucy Maud Montgomery escreveu outros livros da Anne. Tem o *Anne de Avonlea*...

Charles correu até a mesa de biblioteca mais próxima e deslizou os dedos sobre a superfície de vidro do tablet embutido.

— Vamos lá. *Anne de Avonlea*, de Lucy Maud Montgomery. F-MON.

— Sim — assentiu Andrew. — Livros de ficção normalmente são organizados na prateleira em ordem alfabética de acordo com o último sobrenome do autor. Títulos de não ficção são classificados de acordo com a classificação decimal de Dewey.

— Há quanto tempo você sabe disso?

Andrew torceu o nariz.

— Desde o segundo ano.

— Então tudo de que a gente precisava desde o começo era de um "F-MON"? A gente podia ter encontrado esse livro há horas?

Andrew engoliu em seco.

— Você é tão decepcionante. — Balançando a cabeça, Charles foi bufando até uma das escadas flutuantes. Com rapidez, digitou no teclado as letras F, M, O e N. As travas das botas de segurança se fecharam ao redor de seus tornozelos. — Você me deve por ter desperdiçado todo esse tempo, Andrew. Você me deve muito. Se me decepcionar de novo, juro que conto para todo mundo que você é um bebe chorão. Vou postar isso no Twitter *e* no Facebook.

— Não se preocupe. Farei com que sinta orgulho de ter me escolhido para a sua equipe, Charles! Eu prometo.

A escada flutuante se ergueu do chão e subiu com cuidado até a seção da letra M, na parede de ficção. Movendo-se horizontalmente, carregou Charles até uma prateleira que exibia todos os títulos da série Anne.

O menino pegou uma cópia de *Anne de Green Gables*.

Assim que o fez, a escada deu início a uma lenta descida até o chão.

— O que encontrou? — perguntou Andrew quando Charles aterrissou.

— A pista da qual precisávamos.

Ele mostrou a Andrew o cartão que estivera inserido na capa.

B = P

— Certo — disse Andrew. — É uma cabra! Mas aqui diz para trocarmos o B pelo P, o que resultaria em "capra".

— Muito bem, Andrew — disse Charles, mesmo sabendo que na verdade era um bode e que trocando o B pelo P resultaria em "pode", de modo que o quebra-cabeça ficaria "Você pode sair pela porta que ESPAÇO ESPAÇO entra em jogo ESPAÇO."

Que raio de porta é essa?, pensou ele. *E o que será que "entra em jogo"?*

Charles precisava desesperadamente encontrar as três imagens que faltavam.

De repente, a voz do sr. Lemoncello retumbou das caixas de som em torno da rotunda.

— Ei, Charles! Ei, Andrew! Vamos Fazer Um Trato!

Uma música de programa de auditório começou a tocar alto. Uma plateia pré-gravada vibrou com animação.

Charles se virou e viu raios de luz coloridos iluminando três envelopes em cima da mesa redonda da biblioteca. Clarence, o segurança, entrou na sala de leitura e, com os braços cruzados sobre o peito, se posicionou próximo aos três envelopes.

— Nós temos um envelope verde, um envelope azul e um envelope vermelho — informou o sr. Lemoncello.

— Em dois dos três envelopes estão cópias de duas das três imagens das quais vocês ainda precisam. Em um, há uma Carta de Azar. Se escolherem um envelope com uma pista, poderão ficar com ela... e poderão continuar. Mas se pegarem a Carta de Azar, estarão acabados... e terão que sofrer as consequências.

Andrew levantou a mão.

— Sim, Andrew?

— Quais são as consequências?

— Algo ruim — respondeu o sr. Lemoncello. — De fato, algo sinistro provavelmente vem por aí. Vocês querem fazer um trato?

— Sim! — exclamou Charles.

A plateia pré-gravada gritou.

— Tudo bem, então! Charles, sua vez primeiro.

— Perdão?

— Deslize os dedos no painel do computador mais próximo. O aplicativo de jogar dados está funcionando!

Mais uma vez a plateia pré-gravada gritou. As vozes pareciam amar ver os dados rolando mais do que qualquer outra coisa no mundo.

Charles passou os dedos sobre o painel de vidro. Os dados animados rolaram.

— Oooh! — exclamou o sr. Lemoncello. — Duplo seis. Isso lhe dá doze.

— Isso é bom, senhor?

— Talvez. Talvez não. Certo, Andrew... sua vez!

Peckleman tocou o vidro. Os dados rolaram.

— Outra combinação dupla! — anunciou o sr. Lemoncello.

— Sim — murmurou Charles. — Dois números um. Olhos de cobra.

— Isso é ruim? — perguntou Andrew.

— Talvez — respondeu o sr. Lemoncello. — Talvez não. Certo, meninos... qual envelope gostariam de abrir?

Charles pensou um pouco enquanto uma música de tique-taque tocava.

Eles receberam essa chance de jogar Vamos Fazer um Trato depois de encontrarem a pista de *Anne de Green Gables*. Coincidência? Charles achava que não.

— Vamos escolher o envelope verde, senhor.

Clarence apresentou o item para Charles.

— Abra! — ordenou Andrew. — Abra.

Charles abriu o fecho. Puxou um cartão.

Um *ZONK!* bem alto sacudiu a sala.

O cartão era preto. Com uma fonte branca quadrada.

— Oh-oh — murmurou Andrew. — O que diz nesse cartão?

— "Perdão, crianças, mas não foi desta vez" — leu Charles. — "Então vamos tirar as saídas de vocês".

Clarence pegou os envelopes azul e vermelho e marchou de volta em direção ao hall de entrada.

— O que isso quer dizer? — perguntou Andrew.

— Bem — respondeu o sr. Lemoncello —, Charles tirou um doze e, você, um dois. Quanto é doze mais dois?

— Quatorze — respondeu Charles, ansioso como sempre foi na aula de matemática quando queria lembrar ao professor de que era a criança mais inteligente da turma.

— Aaaah... — disse o sr. Lemoncello. — Isso não é bom. Na verdade, é horrorível!

— Horrorível? — repetiu Andrew. — Isso ao menos é uma palavra?

— Agora é — respondeu o sr. Lemoncello. — J.J.? Diga a eles o que perderam.

Uma voz feminina autoritária ecoou das caixas de som do teto:

— Aviso: por conta da Carta de Azar, todas as portas das dez salas com a classificação decimal de Dewey serão trancadas em dez minutos, às exatas oito horas. Caso você se encontre em uma delas, faça a gentileza de deixá-la imediatamente. As dez portas do segundo andar continuarão trancadas por quatorze horas.

Andrew entrou em pânico.

— O quê? Quatorze horas?

— Eu disse que doze mais dois era ruim — disse o sr. Lemoncello. — É claro, poderia ter sido bom. Se vocês tivessem escolhido um dos outros envelopes, teriam recebido uma pista e quatorze meses de assinatura do *Jornal da Biblioteca*.

Charles fez um cálculo rápido.

— Senhor? Isso quer dizer que estaremos proibidos de entrar nas dez salas com a classificação decimal de Dewey até as dez da manhã de amanhã?

— Bingo! — confirmou o sr. Lemoncello. — Sim, senhor!

— Que droga — choramingou Andrew. — Precisamos da porcaria daquelas salas para resolver a sua porcaria de enigma! Cartas de Azar são uma droga. Esse jogo é uma droga. Penalidades de quatorze horas são uma droga.

Charles fez o que pôde para ignorar o ataque de Andrew.

Ele precisava pensar.

Até que algo lhe ocorreu: *a equipe de Kyle Keeley tinha que estar trabalhando em alguma outra solução para o grande enigma de como sair da biblioteca.* Caso contrário, Charles e seu time não teriam conseguido encontrar as nove pistas que já possuíam. Certamente, se a equipe de Keeley estava jogando o mesmo jogo da memória, teria encontrado pelo menos uma das imagens antes de Charles, Andrew ou Haley.

Eles devem estar seguindo um caminho completamente diferente.

Charles tinha certeza de que, se pudesse usar esse tempo ocioso para descobrir o que Keeley e sua equipe tinham no salão de encontro deles e combinasse isso com o seu próprio quebra-cabeça, conseguiria sair da biblioteca, vitorioso.

— Não se desespere, Andrew — aconselhou Charles, confiante. — Ainda venceremos.

— Como?

Charles se inclinou e fez uma concha com a mão ao redor da boca para que as câmeras de segurança não conseguissem ler seus lábios.

— Lembre-se — sussurrou —, você ainda precisa me pagar por desperdiçar todo aquele tempo procurando *Anne de Green Gables.*

— O quê? Foi você quem escolheu a porcaria do envelope verde com a porcaria da Carta de Azar!

Charles estreitou os olhos e conferiu um tom gelado à sua voz sussurrante.

— E daí?

— Hmm, nada — respondeu Andrew, nervoso. — Só pensei que, sabe, eu deveria mencionar isso.

Charles transformou os próprios olhos em gelo.

— Então — sussurrou Andrew, engolindo em seco —, o que exatamente você quer que eu faça?

— Encontre um jeito de entrarmos no Salão de Encontro Comunitário B.

Andrew ofegou em pânico.

— Isso é impossível.

— Não se preocupe. Eu tenho uma ideia.

— O que é?

— Duas palavras: Sierra Russell.

37

— Já parou para pensar se isto poderia ficar pior do que já está? — perguntou Akimi. — Porque não poderia.

— Ei, nenhum de nós pegou a Carta de Azar — resmungou Miguel. — Isso quer dizer que alguém da equipe de Charles pegou.

— Akimi e Miguel têm razão, Kyle — disse Sierra. — Isso não é justo.

— Eu sei — foi tudo o que Kyle conseguiu dizer. — Mas é como em Loucura em Família do sr. Lemoncello, no qual um jogador tira a carta do Ortodontista, e *todo mundo* tem que voltar sete espaços para comprar aparelhos para seus filhos.

Kyle e seus colegas de equipe estavam de volta ao Salão de Encontro Comunitário B. Estiveram olhando o quadro de pistas, imaginando o que um melro cantando tinha a ver com Willy Wonka e os Dez Mandamentos — sem mencionar a longa lista de livros e todas as estátuas — quando a voz do teto fez seu anúncio de que as portas das salas com classificação decimal de Dewey seriam trancadas por quatorze horas.

— Bem, é melhor que o sr. Lemoncello tenha uma *boa* razão — disse Akimi.

— Ah, eu tenho — falou o sr. Lemoncello.

Seu rosto apareceu em uma das paredes do salão de encontro que, na verdade, era uma gigantesca tela de plasma.

— O Time Kyle não está sendo penalizado pelo deslize do Time Charles — declarou. — Longe disso. Na verdade, vocês estão sendo premiados.

Akimi ergueu suas sobrancelhas em descrença.

— É mesmo? Como?

— A penalidade da outra equipe dá a vocês uma dobra no tempo.

— Uma dobra no tempo? — perguntou Kyle. — Isso é uma pista?

— Não. É um livro. E algumas vezes, Kyle, um livro é somente um livro. Mas graças à Carta de Azar, você tem o dom da dobra no tempo para procurar por pistas *do lado de fora* das dez salas com classificação decimal de Dewey. Falando em tempos e horas, é hora do jantar!

— Então o jogo está basicamente suspenso até as dez da manhã de amanhã? — perguntou Kyle.

— Bem, Kyle, isso é você quem decide. Pode usar esse tempo como um bônus para pensar, ler e explorar. Ou pode subir e jogar videogames a noite toda. A escolha é sua.

— Nós queremos ganhar *este* jogo — respondeu Kyle.

Seus companheiros de equipe concordaram.

— Maravitástico! — exclamou o sr. Lemoncello. — Continue trabalhando no enigma, mas tente evitar os arquivos da sra. Basil E. Frankweiler. Estão todos bagunçados. E antes que decidam parar por hoje, talvez queiram passar um tempo agarradinhos a um bom livro.

— Hmm, acabaram de dizer que as salas de livros estão trancadas — lembrou Akimi.

— A senhora legal no teto estava falando apenas sobre as dez salas decimais. Há bastantes títulos de ficção de primeira linha na Sala de Leitura da Rotunda. A dra. Zinchenko até selecionou sete obras especificamente para os nossos sete participantes remanescentes. Depois do jantar, encontrarão os livros sobre a mesa dela.

Quando ele disse isso, o sr. Lemoncello começou a dar piscadelas.

— Acho que vão considerar os livros bastante *esclarecedores*. Inspiradores até.

E, então, deu mais algumas piscadelas.

— E agora preciso voltar para o meu lado da montanha. Vejo vocês pela manhã, crianças! Tenho grandes expectativas em todos vocês!

A imagem do sr. Lemoncello desapareceu da parede.

— Certo — disse Akimi —, pelo jeito que o sr. Lemoncello estava piscando, ou alguém chutou um balde de areia na cara dele ou nossa lista de leitura recomendada é mais uma pista.

Do outro lado da rotunda, Charles se reuniu com Andrew no Salão de Encontro A.

— Eu não confio na Haley — disse ele.

— Por que não?

Charles repousou a mão sobre o ombro de Andrew.

— Bem, meu amigo, não sei deveria lhe contar isso, mas Haley me disse que não acha que você seja "bonito o suficiente" para aparecer conosco nos comerciais das festas de fim de ano do sr. Lemoncello quando ganharmos.

— Por causa dos meus óculos?

Charles mordeu o lábio. Assentiu.

— É claro que eu discordo completamente.

— Entendo — disse Andrew com as orelhas queimando de tão vermelhas. — Então ela não vai ver o que encontramos no livro *Anne de Green Gables*.

— Muito bem, Andrew. Se é assim que você prefere.

— Pode ter certeza que sim.

— Ótimo. Vamos ver o que tem para o jantar. Estou morto de fome.

Quando Charles e Andrew entraram no café, o time Keeley já estava lá, enchendo suas bandejas.

— Ei, boa jogada, Charles! — brincou Miguel Fernandez. — Vocês tiraram uma Carta de Azar?

— De fato tiramos. No entanto, nem aquela pitada de má sorte poderá descarrilhar nosso trem!

— Hã? — disse Akimi.

— Ele quer dizer que vamos ganhar mesmo assim! — esclareceu Andrew.

Ele e Charles se dirigiram para o outro lado do café para se juntarem a Haley, que estava sentada em um canto.

— Vocês encontraram alguma pista durante a tarde? — perguntou.

— Infelizmente não — respondeu Charles.

— Tudo que encontramos foi aquela penalidade que trancou as portas — comentou Andrew, que conseguia mentir quase tão bem quanto Charles.

— E você, Haley? — perguntou Charles. — Encontrou algo interessante?

— Não. Nada. — Em seguida, Haley bocejou e terminou seu jantar. — Acho que vou subir e dormir.

— Sério? São só oito e quarenta e oito.

— Eu sei. Mas estou completamente exausta. — Ela bocejou mais uma vez. — Além disso, quero estar de pé bem cedo, antes das portas de classificação decimal abrirem. Temos mais pistas a encontrar. Vejo vocês amanhã. A não ser que tenhamos mais assuntos da equipe para discutir?

— Não. Nada.

A menina saiu do café.

38

— Muito interessante — comentou Akimi, olhando através das paredes de vidro do café na direção da Sala de Leitura da Rotunda.

— O quê? — perguntou Miguel.

— Acho que Clarence acabou de deixar os nossos livros.

Kyle se afastou da mesa. Conseguia ver o vulto corpulento do segurança esgueirando-se para longe da mesa redonda que ficava no centro da rotunda. Uma pilha de livros havia sido deixada para trás.

— Vamos — disse Kyle. — Vamos dar uma olhada em que tipo de leitura "inspiradora" a dra. Zinchenko selecionou para a gente.

— E aqueles caras? — perguntou Miguel, gesticulando na direção de Charles e Andrew, que estavam terminando suas sobremesas.

Kyle estava dividido.

Por um lado, ele não queria desperdiçar o bônus que sua equipe recebera graças à penalidade da outra. Por outro, não queria que as pessoas dissessem que ele e seus amigos venceram porque o sr. Lemoncello dera a seu time uma pista extra.

Ele chegou a um meio-termo.

— Ei, Charles? Andrew? Nós vamos pegar alguns livros para ler e passar o tempo até amanhã de manhã. Talvez vocês queiram fazer o mesmo.

— Não, obrigado — respondeu Charles, ficando de pé.

— Nós praticamente já temos isto resolvido. Na verdade, acho que o sr. Lemoncello nos induziu a retirar a Carta de Azar para que não ganhássemos tão facilmente. Digo, o que as pessoas pensariam caso conseguíssemos escapar da biblioteca dele em menos de vinte e quatro horas?

— Achariam feio — respondeu Andrew. — Muito feio.

— De fato — concordou Charles. — Na realidade, suspeito que ninguém mais compraria jogos Lemoncello se mostrássemos o quão consistentemente fáceis eles são. De qualquer forma, vamos subir para que eu possa dar a Andrew um tour na minha suíte particular. Algum de vocês gostaria de nos acompanhar?

— Não, obrigada — disse Akimi.

— Você que sabe. Ah, por sinal, o sr. Lemoncello tem um console de videogames de verdade lá em cima.

Kyle sentiu sua boca secar.

— É um equipamento top de linha. E roda jogos de verdade. Não só os educacionais. Quer se juntar a nós, Keeley?

— Hmm...

— Vamos jogar Esquadrão de Esquilos Seis. A nova edição. De acordo com a caixa do jogo, não vai ser lançado para o público geral até o início de dezembro.

Kyle sentiu sua testa transpirar. As palmas de suas mãos estavam úmidas. Seus dedos se mexiam, ansiosos para tocar os botões de um joystick.

Até que, finalmente, quando o interior de sua boca se transformou em uma lixa, ele disse:

— Não, obrigado, Charles. Nós só vamos, sabe, ler.

Após Charles e Andrew subirem até o terceiro andar para jogar o que deveria ser a versão mais incrível do jogo mais incrível do sr. Lemoncello (caso Charles Chiltington estivesse mesmo falando a verdade), Kyle e seus colegas de equipe correram para ver quais livros lhes aguardavam na mesa da bibliotecária.

Encontraram sete versões diferentes do mesmo título: *Sherlock Holmes: Obra Completa*. Um era uma edição limitada, encadernada em couro; outro era um exemplar velho de bolso; três outros tinham capa dura com diferentes ilustrações na frente; um sexto era uma versão maior daquele de bolso, com vários ensaios acadêmicos; e o sétimo era um leitor digital contendo apenas esse livro.

— Acho que o sr. Lemoncello quer que comecemos um clube do livro — disse Sierra.

— Como assim? — perguntou Kyle.

— Você sabe... todos lemos o mesmo livro e, então, nos reunimos depois para discuti-lo e compartilhar nossas opiniões.

— É divertido — disse Miguel. — Nós temos um grupo de leitura na escola.

— Você faz parte dele? — perguntou Sierra.

— Sim. Talvez queira se juntar a nós algum dia desses?

— Sim. Obrigada, Miguel.

Akimi pigarreou.

— E agora? — perguntou para Kyle.

Ele deu de ombros.

— Como eu disse ao Charles. Vamos ler.

Todos pegaram um exemplar do livro de Sherlock Holmes.

Ninguém escolheu o leitor digital.

No terceiro andar, Haley caminhou nas pontas dos pés até a Sala de Lembranças Lemoncello.

Quando visitara o minimuseu mais cedo, não havia realmente olhado ao seu redor. Agora torcia para encontrar outro livro da vitrine de "leituras memoráveis", um livro da série Little Golden Books chamado *Histórias da Mamãe Ganso*, que poderia ser alguma coisa que o sr. Lemoncello leu (ou leram para ele) quando pequeno.

Haley passou por pilhas de caixas cuidadosamente organizadas e através de uma passagem que dava no que parecia ser uma recriação do quarto de criança do sr. Lemoncello — um espaço apertado, quase todo ocupado pelos dois beliches que ele dividira com seus três irmãos. Próxima a uma das camas de baixo, havia uma estante feita de caixas plásticas de leite.

Ali estava, no meio de talvez três dúzias de outros livros de ilustrações finos e com capa dura.

Haley abriu a capa.

Dali, saiu um cartão desenhado, quatro por quatro:

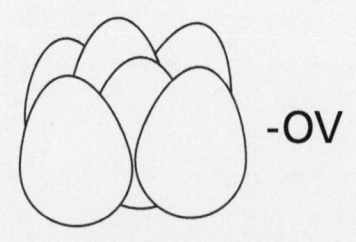 -OV

Ela rapidamente o dobrou na metade e o colocou dentro de seu tênis junto com a pista que dizia "OS".

Agora, Haley estava bastante certa de que havia algo a ver com "os bandidos" naquela história. Que talvez tivessem se esgueirado para dentro daquele prédio na época em que era um banco.

Assim que as portas reabrissem na manhã seguinte, ela teria que revirar as salas com a classificação decimal de Dewey à procura de uma pista que a diria exatamente como e onde os bandidos tinham entrado no prédio.

Um túnel? Uma tubulação de ar? Uma passagem secreta no primeiro, segundo ou terceiro pisos, entre o antigo banco e o prédio de escritórios atrás dele?

Havia apenas uma coisa da qual Haley estava certa: não tinha sido pela fenda de devolução de livros.

39

Na sala de leitura, todos estavam silenciosamente perdidos nas aventuras de Sherlock Holmes.

Kyle acabara de terminar uma história bem legal chamada "Um Escândalo na Boêmia", sobre um rei que ia se casar com uma herdeira real que tinha uns seis nomes. Mas ele estava sendo chantageado por uma antiga namorada, uma cantora de ópera vinda de Nova Jersey, chamada Irene Adler.

Uma coisa que Sherlock Holmes disse para o dr. Watson no início da história persistiu na mente de Kyle: "Você vê, mas não observa."

Kyle imaginou que era por isso que o sr. Lemoncello queria que eles fizessem uma pausa na busca por pistas e lessem aqueles clássicos de mistério. Não para encontrar novas pistas, mas para se tornar melhores em solucionar enigmas. Estariam eles vendo coisas sem realmente observá-las? Provavelmente.

Ler a história também tinha sido divertido. Kyle conseguira visualizar com perfeição o apartamento de Holmes, que ficava no número 221B da Baker Street, o rei esnobe, as carruagens e seus cavalos pelas ruas enevoadas de Londres, os disfarces que Sherlock usava, e a bomba de fumaça que o dr. Watson lançou por uma janela e fez com que todos na rua gritassem: "Fogo!"

Era como assistir a um filme em 3D IMAX em sua cabeça. Mal podia esperar para começar a segunda história do livro, "A Liga dos Cabeças Vermelhas".

— Como está indo? — sussurrou Akimi.

— Este livro é muito legal. Esse tal de Sir Arthur Conan Doyle sabe como prender a atenção de seus leitores.

— Seus personagens ganham vida fora das páginas — disse Sierra.

— Sim — concordou Miguel. — Eu curto o "detetive consultor".

— Hã? — disse Kyle.

— É assim que Holmes se refere a si mesmo algumas vezes.

— Ah. Eu só li uma história até agora e...

De repente, algo pareceu estranho para Kyle.

— Ei... como é que que Conan Doyle não é uma das estátuas que estão ali?

— Como assim? — perguntou Akimi.

— Ele é um autor famoso, certo? Como que eles projetam a estátua de um autor moderno como John Green, mas não a de um autor que criou um clássico como Sherlock Holmes?

— Boa pergunta, cara — elogiou Miguel.

— Preciso *consultar* o meu irmão Curtis.

— Por quê?

— Curtis já leu mais livros do que qualquer outra pessoa que eu conheço, talvez com exceção da Sierra. Ele tirou 1008 no seu vestibular de Literatura.

— Hã, Kyle? — interrompeu Akimi. — Acho que a nota máxima de qualquer vestibular é 1000.

— Sim. Até que Curtis tirou mais. Tiveram que aumentar.

— Então talvez ele possa nos ajudar a descobrir o que essas estátuas representam — disse Miguel.

— Exatamente. Por que essas dez? Por que não outros dez autores?

— Por que não as mesmas dez que Bridgette Wadge teve no Desafio Extremo? — adicionou Sierra.

Kyle olhou ao redor da sala.

— Sra. Tobin? Olá? Sra. Tobin?

A enevoada imagem holográfica da bibliotecária dos anos sessenta apareceu.

— Como posso ajudá-lo, KYLE?

— Gostaria de falar com um expert.

— E com quem gostaria de falar?

— Com o sr. Curtis Keeley.

— Seu irmão?

— É um expert com certificado em literatura, autores e outras dessas porcarias literárias.

De repente, o holograma desapareceu, e a voz da dra. Zinchenko surgiu das caixas de som do teto.

— Esse é um pedido um tanto irregular, sr. Keeley.

— Ei — disse Akimi —, esse jogo todo é um tanto irregular, não acha?

— Apenas precisamos de mais informações — respondeu Kyle. — Porque, como Sherlock diz para o dr. Watson, "é um erro capital teorizar antes de se ter as informações".

— Presumo que esteja gostando do seu livro — comentou a bibliotecária.

Kyle ergueu o polegar, entusiasmado, para a câmera de segurança mais próxima.

— Pode crer que sim. Mal posso esperar para saber quem são esses caras da Liga dos Cabeças Vermelhas.

— Ah, sim — disse a dra. Zinchenko. — Uma história fascinante. Li de novo recentemente. Muito bem, Kyle. Entraremos em contato com o seu irmão para determinar se ele, de fato, se qualifica como um expert literário. Pode levar um tempo.

— Sem pressa — respondeu Kyle. — Tenho um bom livro comigo.

Kyle estava ocupado ajudando Holmes a descobrir que a Liga dos Cabeças Vermelhas era apenas uma tática inteligente criada por alguns ladrões de modo a convencer um penhorista ruivo a deixar sua loja por tempo suficiente para que cavassem um túnel que começaria no porão dele e iria até o banco ao lado quando a voz da bibliotecária o assustou, fazendo com que se transportasse de Londres de volta para Ohio.

— Desculpe pela interrupção.

Akimi, Miguel e Sierra fecharam seus livros também. Eram onze e quinze. Todos estavam sonolentos, com olhares preguiçosos porque estavam afundados em suas confortáveis cadeiras de leitura.

— E aí? — perguntou Kyle.

— Providenciamos a sua consulta a um expert com o sr. Curtis Keeley.

— Maneiro! Como faremos?

— Você e o seu expert poderão ter uma videoconferência de cinco minutos no meu terminal de computadores, que fica atrás da mesa principal.

Kyle correu até a mesa redonda no centro da sala. Seus três colegas de equipe foram atrás.

— Sua consulta começa... agora.

E lá estava Curtis. Sentado na frente de seu computador, em seu quarto.

— Ei, Curtis!

— Oi, Kyle. Como vão as coisas aí dentro?

— Ótimas.

O irmão mais velho de Kyle, Mike, apareceu na entrada do quarto atrás de Curtis.

— Ky-le, Ky-le — cantou. — Uhul!

Kyle nunca tivera seu próprio animador de torcida antes.

— Precisamos que você dê cento e dez por cento de si mesmo aí dentro, irmãozinho! — Mike estreitou os olhos, inclinado sobre o ombro de Curtis. — Quem são esses outros?

— Meus colegas de equipe, Miguel, Sierra, e você conhece a Akimi.

— Vocês são uma equipe? Boa estratégia. Nem eu consigo vencer jogos de futebol sem a ajuda de outros dez caras.

— Hmm, Mike — disse Kyle. — Curtis e eu só temos cinco minutos para conversar.

— Tudo bem. Estou saindo. Vença, rapaz, vença!

Mike se retirou do quarto encarando o computador e socando o ar até desaparecer de vista.

— Você tem quatro minutos restantes — avisou a dra. Zinchenko.

— OK, Curtis, aqui vai a minha pergunta. O que esses autores têm em comum?

Kyle organizou a lista das estátuas na ordem.

E Curtis olhou inexpressivo na direção de sua câmera.

Por um bom tempo.

Então, balançou a cabeça.

— Desculpe, Kyle. Não faço a menor ideia.

40

— Sério? — Kyle estava chocado. — Não sabe de nada?

— Bem — respondeu Curtis —, a única conexão que vejo é que John Steinbeck escreveu *Pastagens do Céu* e Philip K. Dick é o autor de *Olho no céu*. Ambos os títulos remetem à ação de olhar. Mas, tirando isso, são completamente diferentes. Assim como os dois autores.

Kyle e sua equipe ficaram parados em total silêncio.

Até que Sierra começou a pular.

— É óbvio! — gritou.

— Seu tempo acabou — anunciou a dra. Zinchenko.

— Hmm, certo — disse Kyle para a tela do computador. — Obrigado, Curtis. Isso foi, hã, bastante útil.

— Foi sim! — exclamou Sierra, batendo palmas graciosamente como se fosse uma foca muito educada.

A tela do computador desligou.

— E aí? — perguntou Miguel.

— Acho que sei como resolver o código das estátuas.

— Tem um código? — perguntou Akimi. — Quem diria?

— Vai levar um tempo — respondeu Sierra. — E preciso de um computador.

— C-certo — disse Kyle, que estava um tanto chocado por ver Sierra tão animada. — Estaremos em nosso salão de encontro, fazendo uma lista de novos números da classificação decimal de Dewey que tiramos dos cartões do Bibliomania para que já tenhamos uma vantagem assim que as portas se reabrirem às dez da manhã.

Enquanto Sierra se acomodava na frente de um computador de mesa, o restante da equipe voltou para o Bibliomania.

— Deveríamos começar a virar os cartões direto e criar uma lista de números de registro— sugeriu Kyle.

— É um plano — disse Akimi.

Ela retirou um cartão roxo da pilha.

Perca Sua Vez era tudo que estava escrito no verso.

— Tente uma cor diferente — falou Miguel.

Akimi puxou um cartão azul.

Jogue Outra Vez era a mensagem. Então Akimi virou todos os outros cartões azuis enquanto Miguel fazia o mesmo com os roxos.

Todos os cartões roxos diziam Perca Sua Vez. Todos os azuis diziam Jogue Outra Vez.

Kyle estivera checando as pilhas vermelho e vinho.

— Todos os vermelhos dizem "Tire um Cartão Amarelo" — informou. — Os vinho dizem "Tire um Verde".

— Os cinza são assim também — disse Miguel. — Só que dizem "Tire um Rosa". Os beges dizem "Vá Pegar um Laranja".

— Então isso nos deixa apenas com as cores que já jogamos. — Kyle virou um cartão amarelo. — "Na raiz quadrada de 48.629,20271209..."

— Mas que...? — indagou Akimi.

— Espere — pediu Miguel. — Tem um aplicativo de calculadora neste computador.

Kyle leu o restante do cartão.

— "... encontre a metade de 4-40-30."

— Bem, isso dá 2-20-15, de novo — concluiu Sierra.

— E a raiz quadrada de quarenta e oito mil e blá-blá-blá é 220.5203 — disse Miguel. — Nós já encontramos a Bíblia do Rei Jaime.

Akimi virou o restante dos cartões amarelos.

— A mesma coisa com estes aqui. Todos eles nos enviam à seção de Religião para encontrar aquele versículo.

— Idem com os verdes — falou Miguel. — Todas as pistas levam a *Cantos, Gorjeios e Assobios de Pássaros*.

— E os cor-de-rosa, de volta para 027.4 — disse Kyle. — Acho que o que todos querem é ter certeza de que encontramos o *Conheça Melhor Sua Biblioteca Local*.

— O que nos deixa com os coringas — constatou Akimi. Ela examinou a pilha de cartões laranja. — Encontre uma rima para "alarde e contatos", "covarde e sapatos", "arde e chatos".

— A Sala de Arte e Artefatos — disse Miguel com um suspiro.

— Na qual — continuou Akimi — precisamos encontrar a rima para "Randy", "Sandy" ou "Brandi".

— O *candy* do Willy Wonka — lembrou Miguel.

— Então — disse Kyle —, acho que o Bibliomania era só para nos ajudar a encontrar as quatro pistas que já temos.

— Mas precisamos saber mais números — informou Miguel. — Porque uma biblioteca é para ser um lugar de saberchões.

Quando Miguel fez seu trocadilho, Kyle e Akimi grunhiram.

Mas então Kyle pensou em algo:

— Foi por isso que o sr. Lemoncello chamou de bônus esse tempo livre. Ele sabia que demoraríamos muito para encontrar uma nova fonte de números.

Logo em seguida, Sierra entrou no salão de encontro como um foguete.

— Pessoal! Encontrei um montão de números novos!

— O quê? — perguntaram Kyle, Akimi e Miguel. — Onde?

— No teto!

41

— Vocês precisam olhar para o alto na Cúpula das Maravilhas — falou Sierra.

— Hã? — disse Kyle.

Sierra e toda a equipe estavam parados juntos do lado de fora da porta do Salão de Encontro Comunitário B. Fazia um bom tempo que ela não ficava tão feliz ou animada.

— Hmm, Sierra? — chamou Akimi. — Por que exatamente você está sugerindo que nós fiquemos com torcicolo olhando para o teto?

— Certo. Esse é um jogo que alguns de nós jogam on-line, chamado Qual é a Conexão? Eu monto uma lista de autores, e vocês têm que descobrir qual é a ligação entre eles pelos títulos de seus livros.

— Uau — disse Akimi, meio sarcástica. — Parece muito divertido.

— É. Mas, acredite, não é fácil.

— O que você descobriu? — perguntou Miguel.

— Bem, como Curtis disse, John Steinbeck escreveu *Pastagens do Céu*, e Philip K. Dick é o autor de *Olho no céu*. Isso me fez pensar. E fazer pesquisas no computador. Sidney Sheldon escreveu um livro chamado *O céu está caindo*. Aldous Huxley tem uma obra chamada *Céu e Inferno*, e J. G. Ballard é o autor de *Arranha-céus*.

— Todos eles têm relação "céu" no título — constatou Kyle.

— E os outros autores? — perguntou Akimi. — Escreveram livros com "céu" no título?

— Mais ou menos, eles estão lá em cima pelo mesmo motivo.

— Hã?

— Mary Renault escreveu *Fogo do céu*, mas Hergé tem um título que se chama *A estrela misteriosa*.

— E John Green? — perguntou Kyle.

— *A culpa é das estrelas*. Lovecraft é o autor de *A cor que veio do espaço*, e Arthur C. Clarke escreveu um livro chamado *2001: Uma odisseia no espaço*.

— Então as dez estátuas nos dão o quê? — perguntou Miguel.

— Coisas no alto. "Céu, estrela, espaço"... Então eu só fiz isso. Olhei para cima. Na direção da Cúpula das Maravilhas. Ali! Conseguem ver? Aquela sequência de números que acabou de aparecer na tela dos duzentos, abaixo da estrela de davi?

— 220.5203 — disse Miguel.

Akimi deu um soco de leve no braço de Kyle.

— Isso é igual ao lance do código bônus que você me mostrou no ônibus da escola!

— É claro — afirmou Kyle. — Isso é um jogo Lemoncello. Ele sempre esconde códigos secretos em lugares malucos. Muito bom, Sierra!

— Obrigada — agradeceu a menina, percebendo como era mais divertido jogar este tipo de jogo com amigos de verdade do que com amigos virtuais.

— Mas nós já encontramos o mesmo número dos duzentos jogando o Bibliomania — observou Miguel.

— Verdade — concordou Kyle. — Procurem nas seções por números que os cartões não nos deram.

Todos inclinaram suas cabeças para o alto e prestaram atenção nos gráficos que passavam pelos dez painéis acima.

— Aqui vem mais um! — anunciou Sierra. — Nos seiscentos. Bem debaixo do estetoscópio flutuante.

— Achei! — exclamou Kyle. — 624.193.

— Uhul! — comemorou Akimi.

— Sierra, você é minha nova heroína — disse Kyle. — Salvou o dia.

A menina ficou corada.

— Obrigada.

— A roleta — disse Akimi.

— O quê? — perguntou Miguel.

— Era outra pista. O Bibliomania estava nos guiando ao teto também. Porque na classificação decimal de Dewey, a Cúpula das Maravilhas parece uma versão gigante em 3D da roleta do jogo.

— Demais, Sierra — elogiou Miguel. — Absolutamente demais!

Sierra e seus companheiros de equipe observaram o teto por mais de uma hora. Quando deu meia-noite e meia, deitaram-se no chão para não ficarem com cãibra no pescoço.

Porque a cada quinze minutos, o teto animado exibia números de registro para cada sala com classificação decimal de Dewey na biblioteca.

Com exceção de uma.

E, então, a sequência se repetia.

— Como é que não existe um número dos trezentos? — perguntou Miguel.

— Provavelmente porque esse é o livro do qual precisamos muito, muito, *muito* — respondeu Kyle.

— Esse Lemoncello — disse Akimi. — Que comediante.

42

Espiando por cima do parapeito da sacada do terceiro andar, pouco antes das duas da manhã, Andrew Peckleman viu Sierra Russell sentada sozinha na Sala de Leitura da Rotunda.

Andrew passara a noite no terceiro andar perdendo no videogame para Charles.

E sendo lembrado do quanto precisava invadir o Salão de Encontro Comunitário B, para "pegar emprestada" qualquer pista que o time de Kyle Keeley tivesse conseguido, a fim de retribuir Charles por desperdiçar tanto o "tempo da equipe" na pista de *Anne de Green Gables* por conta de seu "medo tolo" de altura.

Andrew prometera a Charles que faria o que fosse necessário.

— Se alguém do Time Keeley vai nos ajudar a invadir o quartel-general deles — dissera Charles —, será a garota tímida que está sempre lendo. Você já prestou atenção no que Sierra Russell usa como marcador de livros?

— Não — respondera Andrew, sincero.

— O cartão dela da biblioteca, que certamente também funciona como chave de acesso para o Salão de Encontro Comunitário B. Encontre um jeito de pegá-lo emprestado.

— Isso não é ilegal?

— É claro que não. Isto é uma biblioteca. As pessoas pegam livros emprestados, não pegam?

— Bem, sim...

— Por acaso já mencionei que tenho três mil amigos no Facebook? Dois mil seguidores no Twitter? Cada um deles saberá o banana chorão que você é se não conseguir fazer isso para garantir que nosso time vença.

Então Andrew foi até o primeiro piso.

Sierra, como sempre, estava lendo um livro.

Enquanto se aproximava, Andrew viu algo branco reluzir.

Charles estava certo. Sierra estava usando seu cartão de biblioteca fino e branco para marcar onde parava nas páginas do livro.

Andrew foi até o grupo de cadeiras de leitura abarrotadas.

— O livro é bom?

Sua voz a assustou.

— Ah. Oi. Sim.

— Se importa se eu me juntar a você? — Ele sentou-se em uma cadeira de couro enrugado do lado oposto ao de Sierra. — Então, hmm, o que está lendo?

— *Charlie e o Grande Elevador de Vidro*, de Roald Dahl.

— Ah, sim. Já ouvi falar. Onde está o restante do seu time?

— Eles foram dormir. Querem acordar bem cedo. Antes das portas do segundo andar abrirem novamente.

— É. Haley e Charles caíram no sono também. Acho que somos só nós dois, os ratinhos de biblioteca, não é?

— Bem, está um pouco tarde — disse Sierra. — Vou subir e...

— Posso dar uma olhada?

— O quê?

— No seu livro. Na verdade, nunca o li. Apenas digo aos outros que sim.

— Ah. Claro.

Sierra entregou o livro a ele.

— Obrigado.

Andrew folheou as páginas até encontrar o ponto no qual Sierra inserira seu cartão da biblioteca.

— Não seria legal se este lugar tivesse um elevador flutuante que nem naquele filme do Willy Wonka? Principalmente se pudéssemos usá-lo para quebrar o telhado que nem Charlie e Wonka fizeram. Seria um jeito muito maneiro de escapar da biblioteca, não acha?

— É. Acho que sim.

Foi nesse momento que Andrew fez a troca. Colocou seu cartão dentro do livro de Sierra e escondeu o dela com as mãos.

Charles ficaria tão orgulhoso dele!

— Então — disse Andrew, fechando o livro —, você já leu *A Família do Elevador*?

— Não. Acho que não.

— É sobre uma família que mora no elevador de um hotel em São Francisco. E digamos que o livro tem seus altos e baixos!

Andrew gargalhou histericamente, porque era uma das piadas mais engraçadas que conhecia. Sierra meio que deu uma risadinha. Ele devolveu o livro para ela.

Acima, a Cúpula das Maravilhas se dissolveu de seu modo decimal de Dewey e, com um redemoinho de cores, se tornou um quarto verde brilhante com um par de janelas de moldura vermelha, que davam para um céu azul-escuro com uma lua cheia e uma manta de estrelas cintilantes. No enorme quarto verde, havia um telefone, um balão vermelho e a imagem de uma vaca saltando sobre a lua.

O teto se tornara o quarto do coelhinho de *Boa Noite, Lua.*

Uma coelha, idosa e quieta, usando um vestido azul à moda antiga, saltou para dentro da Sala de Leitura da Rotunda. Dois gatinhos a seguiram.

— Ótimo — disse Andrew. — Outra porcaria de holograma.

— Eu acho a coelhinha bonitinha — falou Sierra.

— Quietos — disse a coelha. — Boa noite, relógios, e boa noite, meias. Boa noite, Sierra.

— Boa noite, Coelha.

Sierra pegou o seu livro e subiu.

— Boa noite, Andrew — disse a coelha.

— Tá.

O garoto colocou o cartão roubado no bolso. Não conseguiria fazer nada com ele naquele momento. Não enquanto os responsáveis pelo holograma da coelha estivessem assistindo pelas câmeras.

Mas a primeira coisa a ser feita pela manhã...

— Boa noite, coelha velha que manda a gente se calar — gritou.

E, então, baixinho, ele murmurou:

— Pela manhã, com os nossos concorrentes iremos arrasar.

43

De pé bem cedo na manhã seguinte, Kyle foi até a Sala de Leitura da Rotunda.

Eram oito e quinze. As portas das salas com classificação decimal de Dewey seriam abertas em uma hora e quarenta e cinco minutos. O jogo chegaria ao fim em menos de quatro horas.

Kyle estava muito animado.

Sierra Russell, por outro lado, estava sentada em uma cadeira confortável lendo um livro.

— Oi — cumprimentou Kyle.

— Olá — respondeu Sierra, reprimindo um leve bocejo.

— Você ficou acordada a noite toda lendo?

— Não. Subi por volta das duas da manhã. Mas havia uma pilha nova de livros na mesa da bibliotecária quando desci.

— É mesmo? O que você encontrou?

— Cinco cópias disto aqui.

Ela mostrou a Kyle seu livro. Era *A Décima Primeira Hora: Um Mistério Curioso.*

É um livro ilustrado de rimas sobre a décima primeira festa de aniversário de Horácio, O Elefante e a busca para descobrir quem roubou toda a comida. Existem mensagens escondidas e códigos secretos em todas as páginas.

— Por que o título é *A Décima Primeira Hora*?

— O banquete de aniversário deveria ter acontecido às onze da manhã. Mas já que alguém roubou toda a comida...

Kyle riu.

— Onze da manhã.

— O quê?

— A décima primeira hora! O último momento possível. — Kyle olhou para o teto da Cúpula das Maravilhas. — O quanto você quer apostar que, às onze da manhã, em ponto, a pista da qual mais precisamos vai aparecer na seção dos trezentos?

Sierra sorriu.

— Então esse livro novo é uma pista sobre a nossa pista?

— É o meu palpite. Você tomou café?

— Ainda não.

— Bem, o que está esperando? — perguntou Miguel enquanto entrava na sala. — Hoje é o grande dia. Vamos precisar da nossa energia para a reta final.

— Ele tem razão — concordou Akimi, descendo as escadas em espiral. — As portas abrem em menos de duas horas. A partir daí, teremos apenas mais duas horas para resolver tudo.

— Mas — disse Kyle aos seus colegas de equipe — Sierra acabou de descobrir quando conseguiremos a grande pista dos trezentos. — Ele gesticulou para o livro ilustrado. — No último minuto possível.

— O quê? — perguntou Akimi. — Às onze e cinquenta e nove?

— Quase. Às onze horas.

— Irado — disse Miguel. — Deve ser uma pista muito boa.

Kyle e sua equipe foram para o café, onde encontraram Haley Daley sentada a uma mesa, comendo metade de uma toranja e olhando inexpressivamente para as paredes de vidro da rotunda.

— Ei, Haley — cumprimentou Kyle. — Como vai?

— Nada mal. E você?

— Bem. Vencendo ou não, estamos nos divertindo bastante.

— Somos o grupo divertido — disse Akimi.

— Vocês realmente se dão bem uns com os outros, não é?

— Muito — respondeu Sierra. — Eu não me divertia tanto assim desde os seis anos de idade.

— Sério?

— Qual é o problema, Haley? — perguntou Akimi. — A vida não é tão boa no Time Charles?

— É normal, acho. Quer dizer, juntamos algumas pistas legais e tal...

— Bem — disse Miguel —, se em algum momento você quiser trocar de lado, sempre estamos procurando por novos membros.

— Posso fazer isso? Simplesmente trocar de equipe? Mesmo sabendo de tudo que o Time Charles fez ontem o dia todo?

— Acho que sim — respondeu Kyle. — Quer dizer, não existia nada no regulamento sobre equipes.

— Hã — disse Haley. — E Andrew se juntou a vocês também?

— Não — falou Kyle.

Haley indicou com a cabeça a parede de janelas atrás de Kyle.

— Então por que ele acabou de passar seu cartão de biblioteca e conseguiu entrar no seu salão de encontro?

44

Correndo pelo chão polido de mármore, Kyle e sua equipe, seguidos por Haley, praticamente deslizaram para dentro do Salão de Encontro Comunitário B.

Onde Andrew Peckleman estava parado com um bloquinho anotando apressadamente tudo que havia sido escrito nas paredes de quadro branco.

— Ei! — gritou Akimi. — Isso é trapaça!

Andrew se virou.

Seus olhos estavam do tamanho de bolas de tênis por trás dos óculos fundo de garrafa.

— Hã... hã... hã... — gaguejou. — Vocês deixaram a porta aberta!

— Não, não deixamos — disse Kyle, com extrema calma, especialmente considerando o quanto ele queria esganar Peckleman. — A tranca é automática; eu verifiquei.

— E eu chequei duas vezes a porta antes de irmos dormir — afirmou Miguel.

Kyle ficou surpreso com o que ouviu.

— Você checou?

— Com certeza, cara. É isso que colegas de equipe fazem.

Eles se cumprimentaram, batendo os punhos fechados.

— Bem, vocês não têm nada a não ser uma lista idiota de livros idiotas e autores idiotas e um versículo de Bíblia idiota...

— Versículo o qual — anunciou o sr. Lemoncello, cujo rosto apareceu na parede de telas de vídeo — você faria bem em memorizar, sr. Peckleman. "Não roubarás."

O sr. Lemoncello usava uma peruca branca cacheada e uma longa toga preta. Parecia um juiz inglês. Ele bateu com um martelo de borracha em sua mesa. Fez um barulho de peido.

— Poderiam todos gentilmente se juntar a mim na Sala de Leitura da Rotunda? Agora mesmo.

Todo mundo saiu do salão de encontro e foi para a rotunda. Chocaram-se ao ver que o sr. Lemoncello em pessoa estava sentado atrás da mesa da bibliotecária, no centro da sala circular. Não era um holograma. Era de verdade.

Charles, que era todo sorrisos, fez uma grande entrada, descendo lentamente uma das escadas em espiral.

— Bom dia, pessoal — cumprimentou ele, alegre. — O que é essa animação toda? Perdi alguma coisa?

— Só o seu amigo Andrew tentando trapacear — respondeu Miguel.

— O quê? Ah, bom dia, sr. Lemoncello. Não esperava encontrá-lo aqui, dentro da biblioteca. Hoje não é o seu aniversário, senhor?

— Sim, Charles. E não existe outro lugar no qual eu gostaria de estar no meu grande dia do que dentro de uma biblioteca, rodeado de livros. A não ser, é claro, que pudesse estar em uma ponte para Terabítia.

— Bem, senhor, devo dizer, certamente parece estar em forma. Tem praticado exercícios?

— Não, Charles, hoje me exercitarei *aqui dentro*.

— Não entendi.

— Hoje estarei aqui, dentro da biblioteca, supervisionando as horas finais desta competição.

— Ah, eu não acho que levará *horas*, senhor — disse Charles. — Não querendo me gabar, mas acho que alguns de nós irão para casa muito em breve.

— Você está certo. Por exemplo, o sr. Peckleman. Ele irá embora agora.

— O quê? — choramingou Peckleman. — Por quê?

— Porque você trapaceou. Tentou roubar as informações nas quais a outra equipe trabalhou tanto para conseguir.

Os olhos de Peckleman iam de um lado para o outro.

— A culpa não foi minha. A ideia foi do Charles. — O garoto esticou o braço e apontou com o dedo. — Charles me mandou fazer aquilo. Ele me *obrigou* a fazer aquilo!

— Sr. Peckleman, por favor, aproxime-se da bancada que, neste caso, é uma mesa. Deixe-me ver o cartão da biblioteca que você usou para ganhar acesso ao Salão de Encontro Comunitário B.

Com certa relutância, Andrew o entregou.

— O seu nome é Sierra Russell?

— Não, senhor — respondeu o menino para os seus sapatos.

— Ele roubou o meu cartão? — perguntou Sierra. Ela abriu seu último livro e puxou o cartão que marcava as páginas.

— De quem é o cartão que está com você, Sierra? — perguntou Charles.

— O de Andrew Peckleman.

— A-há! — exclamou Charles. — Ele fez o velho truque da troca, não fez?

— Porque você mandou! — declarou Peckleman.

— É mesmo? — perguntou Charles, com uma risadinha. — Como ousa fazer uma acusação tão séria? Você tem alguma prova?

— Eu não preciso de porcaria de prova nenhuma. Você me chantageou para roubar o cartão da Sierra!

O sr. Lemoncello bateu com seu martelo novamente.

— E assim termina a história de Andrew e de seu dia terrível, horrível, não bom, muito ruim. Sra. Coelha?

Um holograma da velha coelha de *Boa Noite, Lua* saltou para o topo da mesa.

— Boa noite, Andrew — disse ela. — Seu tempo conosco chegou ao fim.

Clarence e Clement, os seguranças, apareceram e levaram Peckleman para fora do prédio.

— Senhor? — chamou Sierra. — Gostaria que eu colocasse o cartão de Andrew na pilha de descarte?

— Não, obrigado. Esse cartão agora é propriedade do Time Kyle.

Haley Daley ergueu a mão.

— Sim, Haley?

Kyle a viu lançar um olhar fulminante para Charles.

— Como posso ajudá-la, querida? — perguntou o sr. Lemoncello.

— Bem, senhor, se concordar, eu gostaria de trocar de equipe. Quero fazer parte da equipe de Kyle Keeley.

— *Zap!* — disse o sr. Lemoncello, movendo os braços como um mágico. — *Zip!* Você agora faz parte da equipe de Kyle Keeley!

— Haley? — chamou-a Charles. — Como você pode me desertar?

— Da mesma forma que você acabou de desertar Andrew.

— Hmm, vamos ficar com o cartão *dela* também? — perguntou Kyle.

— Com certeza. Além disso, com todas as informações que Haley escolher dividir com a equipe. Assim, Charles, eu pergunto: *você* gostaria de sair do seu time e se juntar ao de Kyle?

— Como é que é?

— Você sabe, um por todos e todos por um?

— Senhor, com todo o respeito, isso pode ter funcionado para aqueles três mosqueteiros em uma história inventada de ficção, mas, desculpe, não é assim que as coisas funcionam no mundo real. Aqui fora, é cada um por si. O que há de bom em um prêmio se todos podem ganhá-lo?

— Entendo. Mas Haley sabe todas as pistas que vocês coletaram.

— Verdade, senhor. Mas duvido que ela saiba o que qualquer uma delas significa.

Kyle pôde ver o nariz do sr. Lemoncello se torcer quando Charles disse isso. E não era uma torcidinha de um coelho feliz.

— Foi uma brincadeira, senhor. — Charles também deve ter visto a torcida de nariz.

— Ah. Entendo. Como a brincadeira sobre o menino chamado Charles. Hilária. Lembre-me de contá-la a você um dia. Enfim, de qualquer forma, insisto em que receba algumas pistas extras a fim de compensar pelo fato de que todos os seus companheiros de equipe ou foram expulsos do jogo ou abandonaram o seu navio. — O sr. Lemoncello colocou a mão debaixo da mesa e puxou um envelope branco. — Isto, Charles, somente você pode ver.

O menino deu um passo à frente e pegou o envelope.

— Obrigado, senhor. Isso é muito generoso.

— Eu sei. Você também pode me fazer uma pergunta. Mas, por favor, não desperdice a oportunidade me perguntando "Onde é a saída alternativa?", porque eu não sei.

— Você não sabe? — questionou Kyle antes que Charles pudesse fazer o mesmo.

— Não faço ideia. Este jogo inteiro foi criado pela minha bibliotecária-chefe, dra. Yanina Zinchenko, como um presente de aniversário.

— Mas — disse Akimi — você poderia simplesmente perguntar à dra. Zinchenko como sair, certo?

— Akimi Hughes? Você é uma daquelas pessoas que leem o último capítulo de um livro antes de começá-lo para ver como termina?

— Não, mas...

— Bom. É muito mais divertido quando o final é uma surpresa. A dra. Zinchenko é a única que sabe como e por onde sair desse prédio sem que toda espécie de alarmes disparem. Qualquer pista que eu tenha dado pessoalmente durante o curso deste jogo foi inteiramente escrita para mim pela dra. Z.

— Certo — disse Charles —, aqui vai a minha pergunta...

O sr. Lemoncello ergueu a mão.

— Antes que a faça, esteja avisado: seus concorrentes também ouvirão a resposta.

— Certo. Por que o livro na mesa de cabeceira em sua suíte particular é o *Dos Arquivos Desordenados da Sra. Basil E. Frankweiler*, de E. L. Konigsburg?

— Porque, quando eu tinha a sua idade, a sra. Tobin, minha bibliotecária local, o deu para mim.

Miguel levantou a mão.

— Sim, Miguel?

— Podemos ter uma pergunta bônus também? — perguntou educadamente.

— Não — respondeu o sr. Lemoncello. — No entanto, darei a vocês uma resposta bônus, a qual Charles obviamente também ouvirá. Sua resposta bônus é *"Pinus contorta, Pinus jeffreyi e Pinus flexilis"*.

— Quais são três tipos diferentes de pinheiro? — perguntou Charles, apenas para se exibir e para deixar o time de Kyle ciente de que sua resposta bônus não os dava nenhum tipo de vantagem.

— Fui informado de que está correto — disse o sr. Lemoncello, tocando sua orelha.

O sr. Lemoncello colocou novamente a mão debaixo da mesa e, dessa vez, puxou uma ampulheta de um metro, uma versão gigante dos contadores vermelhos de plástico que vinham como peça padrão em vários de seus jogos.

Ele a virou.

— É a versão colosso, com duração de três horas — disse ele, enquanto a areia começava a cair. — Porque agora são nove da manhã e vocês têm apenas mais três horas para descobrir a saída da biblioteca. Boa sorte. E que o melhor time, ou, no caso de Charles, o melhor esforço individual, vença!

46

— Vamos ver que tipo de pistas bônus *de verdade* o sr. Lemoncello está dando hoje — disse Charles para sua sala de conferência vazia.

Ele realmente não se importava em trabalhar sozinho. Isso significava que não teria que dividir o prêmio quando o ganhasse.

O vencedor leva tudo.

Os perdedores perdem tudo.

Era simplesmente assim que o mundo funcionava.

E Charles sabia que venceria.

Afinal de contas, ele era um Chiltington. Eles nunca perdiam.

Mesmo que tivesse gastado sua pergunta com o livro *Arquivos Desordenados*. Acabou que o sr. Lemoncello era só um bobão sentimental que nem Kyle Keeley. O livro estava lá porque sua amada bibliotecária o dera para o velho tolo quando ele tinha a mesma idade de todos os participantes do jogo. Buá, buá. Grande coisa.

E o que era toda aquela baboseira sobre pinheiros?

Um despautério.

Abrindo o envelope selado, Charles encontrou dois cartões com silhuetas. Cada um deles estava numerado, caso ele não conseguisse descobrir em quais livros teriam sido escondidos.

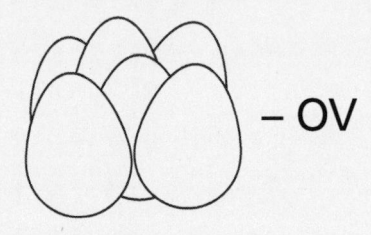

Ovos? se perguntou Charles. *Não. Os!*

Ele examinou a segunda pista bônus.

Quatro jantares? Quatro casais? Um restaurante?

Essa era difícil.

Charles decidiu colocar as duas novas imagens no enigma para ver se os seus significados se tornavam mais claros.

B = P

– CA

– IJO

– OV

Falta

– TR

Faltava a ele somente uma pista, mas já possuía o restante.

— Você pode sair pela porta que os ESPAÇO entraram no jogo do restaurante.

Não. Aquilo não fazia sentido.

Na verdade, ele só tinha certeza das duas primeiras linhas: "Você pode sair pela porta."

Que porta? A do restaurante? A do Café Cantinho Literário?

E o que significava a imagem do jogador de futebol americano?

Esta vinha do livro de Johnny Unitas. Talvez o próprio, que jogara futebol na época em que o sr. Lemoncello tinha a idade de Charles, teria sido o dono de um restaurante? Talvez de uma cadeia nacional popular de restaurantes?

Se fosse isso, podia ter existido um em Alexandriaville. Talvez bem aqui, no prédio do antigo Gold Leaf Bank.

Poderia a parte final ser "no restaurante de Johnny Unitas"?

Mas e se Andrew Peckleman estivesse certo o tempo todo, e o número DEZENOVE fosse a pista da carta do jogador de futebol? Isso faria a última linha ser "em dezenove..." O QUÊ? *Lanchonetes? Casais?*

Não.

Aniversários!

Os quatro casais na pista bônus estavam obviamente celebrando seus aniversários!

Dezenove aniversários? Hoje era o décimo nono aniversário de algum evento significativo em Alexandriaville?

Charles balançou a cabeça. Sabia que a frase só faria sentido *depois* que ele completasse a terceira linha, a única que anda possuía um espaço em branco: "ESPAÇO, ENTRARAM, EM."

E se a imagem que falta for dos outros jogadores? Eles teriam que trabalhar juntos?

Espere aí, pensou Charles. O único livro na vitrine de Escolhas da Equipe que ninguém havia encontrado ainda era *True Crime Ohio: os Criminosos Mais Notórios do Buckeye State*, de Clare Taylor-Winters. A última imagem seria de alguma categoria de criminosos.

Aquele único livro que faltava poderia dizer a Charles quem entrara no banco e, mais importante do que isso, por *onde* o fizera. Seria hoje o décimo nono aniversário de algum roubo famoso à banco?

Charles se deu conta de que precisava de ajuda.

Era hora de usar o seu "Pergunte a um Expert".

Isso fez o menino rir.

Porque Charles conhecia o maior expert em bibliotecas dos Estados Unidos inteiro, talvez do mundo. Alguém muito mais importante do que a dra. Yanina Zinchenko.

Kyle Keeley e o resto daquele bando não tinham a menor chance.

47

Ávido para encontrar tudo que podia durante os minutos finais, antes que as portas da classificação decimal de Dewey reabrissem no segundo piso, Kyle ouvia Haley Daley detalhar tudo que descobrira no Time Charles.

Enquanto isso, Akimi adicionou os cartões de Andrew e Haley à lista que estava nos quadros brancos no Salão de Encontro Comunitário B.

— Estávamos juntando um quebra-cabeça de imagens — disse Haley. — Parecia um jogo da memória ou aquele programa de TV antigo, o *Concentration*.

— Fizemos um assim também — disse Miguel. — Um rébus.

— Certo. Até agora, estou bastante certa de que diz algo tipo "Você sai pela porta pela qual os bandidos entraram".

— Não roubarás — disse Kyle, batendo com os dedos no versículo da Bíblia que encontraram na sala dos duzentos.

— Isso também está relacionado a bandidos.

— E o melro — afirmou Sierra. — Fazia o som de uma sirene policial.

— Perseguindo bandidos!

— Esperem — falou Miguel. — E o Willy Wonka? Havia algum criminoso na fábrica de chocolate?

— Não — respondeu Sierra.

— E isso tudo aqui? — perguntou Akimi, apontando para a lista de cartões da biblioteca. — Adicionei os cartões novos, mas ainda não faz muito sentido.

LIVROS/AUTORES NO VERSO DOS CARTÕES DA BIBLIOTECA

#1 Miguel Fernandez

Eneida, de Virgílio /
Mulherzinhas, de Louise May Alcott

#2 Akimi Hughes

1984, de George Orwell /
Ninoca Vai Nadar, de Lucy Cousins

#3 Andrew Peckleman

Seis Dias do Condor, de James Grady /
Olivia, de Ian Falconer

#4 Bridgette Wadge

Ah, Tudo Que Você Pode Pensar!, de Dr. Seuss /
O Senhor das Moscas, de William Golding

#5 Sierra Russell

Admirável Mundo Novo, de Aldous Huxley /
A Ilha Misteriosa, de Júlio Verne

#6 Yasmeen Smith-Snyder

Dom Quixote, de Miguel de Cervantes /
As Aventuras de Tom Sawyer, de Mark Twain

#7 Sean Keegan

Édipo Rei, de Sófocles /
O Ratinho, o Morango Vermelho Maduro e o Grande Urso Esfomeado, de Audrey e Dan Wood

#8 Haley Daley

Alice no País das Maravilhas, de Lewis Carroll /
O Nabo Gigante, de Aleksei Tolstói

#9 Rose Vermette

O Apanhador no Campo de Centeio, de J. D. Salinger /
Emma, de Jane Austen

#10 Kayla Corson

As Neves do Kilimanjaro, de Ernest Hemingway /
Os Três Mosqueteiros, de Alexandre Dumas

#11 DESCONHECIDO / CHARLES CHILTINGTON

*Diário Absolutamente Verdadeiro de um Índio de Meio-Expe-
diente*, de Sherman Alexie/
A Árvore Generosa, de Shel Silverstein

— Uou — exclamou Haley. — Que bagunça.

— Nem me fale — disse Akimi.

— Eu não acho que seja mais um jogo de conexão entre
o autor e o título — comentou Sierra —, como aquele da
Cúpula das Maravilhas.

— Hã? — disse Haley.

— Longa história — respondeu Miguel. — Vamos
guardá-la para mais tarde.

— O que precisamos — afirmou Kyle — é de algum
tipo de pista que nos mostre como ordenar essa lista.
Lembrem-se do que a dra. Zinchenko disse quando o jogo
começou: "Seus cartões da biblioteca são as chaves para
tudo de que precisarão". Essa é a grande pista, pessoal.
Precisamos decifrá-la.

Foi então que o sr. Lemoncello pôs sua cabeça na porta.

— Olá, espero não estar interrompendo. Temos vinte
minutos até que as portas lá em cima se abram. Alguém
está a fim de um Desafio Extremo?

— Caso tenham esquecido — disse o sr. Lemoncello —, os Desafios Extremos são extremamente desafiadores e, algumas vezes, extremamente perigosos.

— O Charles vai fazer um? — perguntou Akimi.

— Talvez. Perguntarei se ele quer um em seguida.

O sr. Lemoncello trocara seus trajes de juiz por uma fantasia que parecia um gatuno: calças pretas, uma blusa canelada de gola rulê e uma boina preta esportiva.

— Essa fantasia é uma pista? — perguntou Haley. — Porque combina com todo o tema de bandidos.

— Não sei. Mas a dra. Zinchenko me pediu que usasse isto para o grande final. Haverá um grande final?

— Talvez com Charles — murmurou Kyle. — Estamos meio que emperrados.

— Pelo menos até as onze — acrescentou Sierra. — Que é quando a pista mais importante vai aparecer no teto.

— É mesmo? — perguntou o sr. Lemoncello. — Aquela dra. Zinchenko. A mulher sabe como criar suspense.

— Então façamos o Desafio Extremo — disse Haley. — O que temos a perder?

— Hmm, o jogo inteiro — respondeu Akimi.

— Não para todos nós — retrucou Kyle. — Eu farei o desafio. Afinal de contas, sou o capitão da equipe.

— Você é? — perguntou Haley.

— Tivemos uma eleição — respondeu Akimi. — Ontem.

— Ah. Legal.

— Mas, Kyle — disse Miguel —, se você se der mal no Desafio Extremo, vai perder, cara.

— Não se o meu time ganhar.

— Não — disse o sr. Lemoncello. — Se você perder, Kyle, você *perde*. Não terá permissão para compartilhar nada do grande prêmio.

— Tudo bem.

— Eu vou com você — disse Haley.

— Não, não vai — impediu o sr. Lemoncello.

— Eu tenho que ir. Ouça, ambos sabemos que eu seria uma porta-voz *fabulosa* para os seus jogos e tal, mas não posso me apropriar de tudo que Kyle e sua equipe já descobriram. Tenho que conquistar o meu lugar nesse time.

— Desculpe, Haley. Desafios Extremos são e sempre serão um esforço individual.

— Mas...

O sr. Lemoncello ergueu a mão.

— Sem mas. Kyle deve enfrentar este desafio sozinho. No entanto...

— Sim?

— O restante de vocês poderá assistir o progresso de Kyle nos monitores e torcer para ele através do sistema de intercomunicação. Você é uma líder de torcida, não é, Haley?

— Sim — respondeu Kyle. — Mas ela nunca torceu por mim.

— Bem, vou torcer desta vez. Prometo.

— Excelente — disse o sr. Lemoncello. — A propósito, Kyle, não tem como voltar atrás uma vez que se comprometer com o desafio.

— Tudo bem — respondeu o menino. — Vamos lá.

— Vamos, Kyle, vamoooooos! — gritou Haley.

Akimi se encolheu.

— Hmm, avise da próxima vez... por favor?

— Desculpe.

O sr. Lemoncello tocou seu ouvido novamente.

— Aqui está o seu Desafio Extremo. A dra. Zinchenko está me dizendo:

"A resposta pela qual procura..."

Ele parou para ouvir.

*"... é a chave para esta charada...
é uma caixa de memórias...
onde a fonte principal é carregada."*

— O quê?

O sr. Lemoncello deu de ombros.

— Desculpe. Eu não os escrevo. Somente os recito. Espere. Tem mais:

*"Esqueça a Revolução Industrial;
minha primeira ideia é a sua solução ideal."*

A sala estava em silêncio.

O sr. Lemoncello tocou a orelha mais uma vez e continuou.

— E agora, chegou momento do adendo.

— Hã?

— Um acréscimo de último minuto:

> *"A caixa esteve ali*
> *mas agora está lá.*
> *Pobre Kyle. Seu destino*
> *está suspenso no ar."*

O sr. Lemoncello ficou lá, sorrindo. Por vários segundos.

— É isso? — perguntou Kyle.

— Sim. Encontre o que está procurando antes que as portas do segundo andar se abram e ganhará. Falhe e você, Kyle, será eliminado do jogo, e seu time, por conta de uma série de eventos infelizes, será forçado a prosseguir sem você. Boa sorte. Tem quinze minutos.

E o sr. Lemoncello deixou a sala.

— Cara — disse Miguel, balançando a cabeça. — Você está muito ferrado.

— Espere um segundo — disse Haley. — Acho que sei como encontrar a coisa de que o sr. Lemoncello estava falando!

— Sabe? — perguntou Kyle.

— Espero que sim. Eu sou a pessoa que moveu a coisa "dali" para "lá"!

49

— Então, Charles — disse o sr. Lemoncello —, você gostaria de utilizar alguma de suas vidas restantes? Talvez um Desafio Extremo? Um Pergunte a um Expert?

— Sim, senhor — respondeu o garoto. — E posso apenas dizer que é muito bondoso de sua parte vir aqui e me perguntar isso?

— Bem, está chovendo hambúrguer, e eu não tinha nada melhor para fazer.

— Perdão?

— Nada. Apenas um breve voo de fantasia, minha mente navegando para além da cabine de pedágio fantasma. Então, qual vida gostaria de usar?

— Pergunte a um Expert.

— Certo. Vá até a sra. Tobin na mesa principal. Tenho que ir até o meu escritório para monitorar o Desafio Extremo do Kyle.

— O que ele está fazendo?

— Tentando ganhar de você. Tarará!

O sr. Lemoncello ergueu a boina pela haste no topo, girou em seus saltos e saiu na direção de uma das estantes de livros do outro lado da rotunda.

Charles o observou mover para trás a cabeça de um busto e pressionar um botão vermelho no centro do que teria sido o pescoço do homem. Uma parte da estante, do tamanho de uma porta, se abriu. O sr. Lemoncello entrou na escuridão. A estante se fechou.

Charles correu até a mesa da bibliotecária no centro da Sala de Leitura da Rotunda.

— Sra. Tobin? — Ele bateu palmas. — Sra. Tobin? Vamos lá, vamos lá. Meio que estou com pressa. As portas lá em cima vão ser abertas em treze minutos. Sra. Tobin?

O holograma da funcionária finalmente apareceu.

— Bom dia, CHARLES. Como posso ajudá-lo?

— Preciso usar o meu Pergunte a um Expert.

— Muito bem. Com quem gostaria de se consultar?

— Um bom conhecedor de uma biblioteca.

— Se é tudo de que precisa, CHARLES, talvez eu possa auxiliá-lo.

— Preciso falar com o meu tio Jimmy.

— Seu tio Jimmy? Poderia ser mais específico, por favor?

— Sim. É claro. James F. Willoughby Terceiro.

— *O* James F. Willoughby Terceiro?

— Sim, senhora.

— O *bibliotecário-chefe* da *Biblioteca do Congresso* em *Washington, D.C.* é o seu tio?

— Isso mesmo. Se o irmão da minha mãe, meu tio Jimmy, o melhor bibliotecário de todo o país, não puder me ajudar a encontrar o único livro do qual preciso, ninguém pode!

50

— A caixa de lembranças está lá embaixo no Estoque — disse Haley para Kyle.

Então ele correu para ao porão. O local, muito comprido e largo, estava exatamente do jeito que ele lembrava: cheio de fileiras organizadas de estantes, com caixas em prateleiras que iam do chão ao teto.

Kyle olhou para cima, na direção da câmera de segurança mais próxima.

— Para onde, agora?

— Eu a escondi lá do outro lado — respondeu Haley através das caixas de som no teto. — Em uma prateleira perto daquela máquina horrível de livros.

Kyle se apressou até o corredor central.

De repente, uma estante de metal de livros deu um estrondo à direita, deslizando como se usasse patins.

— Cuidado! — gritou Haley.

A estante derrapou com um som agudo e alto, bloqueando o caminho à frente de Kyle.

— Vá para a esquerda — sugeriu Miguel.

A equipe inteira o assistia e torcia por ele.

Kyle foi para a esquerda.

E outra prateleira de metal surgiu do seu lado.

— Pule para trás! — gritou Akimi.

A prateleira parou a poucos centímetros dos pés de Kyle.

— Kyle? Você está bem?

— Aham.

— Isso parece o labirinto do Torneio Tribruxo — comentou Sierra.

— Hã?

— Harry Potter. Livro quatro. *O Cálice de Fogo*.

— Certo. Preciso ler esse também.

Kyle, obviamente, se deu conta de que acabara de descobrir a parte mais "extrema" de seu Desafio Extremo. Cada uma das estantes que iam do chão ao teto estava carregada de pesadas caixas de papelão, livros ou recipientes de armazenamento feitos de metal. Provavelmente cada um pesava algumas toneladas. Se estivesse no lugar errado quando uma estante disparasse em sua direção, ficaria tão achatado quanto uma panqueca sob um rolo compressor.

— Aviso — anunciou em tom oficial a voz da mulher que vinha do teto. — Você tem doze minutos para completar este desafio.

Ele tinha que continuar. Conforme o sr. Lemoncello dissera, agora não havia volta. A não ser, é claro, que quisesse ir para casa como um perdedor.

Rá! Nunca!

Kyle disparou por um beco entre duas paredes de estantes.

— Vire para a esquerda! — gritou Haley. — Agora!

A parede à direita de Kyle se abriu, revelando seis seções rotatórias, cada uma com um painel de talvez seis metros de comprimento, todos deslizando lateralmente e indo para trás para criar novas paredes e caminhos reconfigurados.

— Faltam só uns nove metros à frente — instruiu Haley.

Kyle costurou um caminho em meio às estantes que se mexiam de maneira aleatória.

Mas assim que se viu em algum tipo de reta, as paredes voltaram a se reorganizar.

Finalmente, Kyle disparou por um corredor tão estreito que tinha que ficar de lado para passar. As paredes tremeram até parar.

E a voz fez mais um anúncio.

— Aviso. Você tem oito minutos para completar este desafio.

— Estou preso! — gritou Kyle. — Não há saída.

Nenhum de seus colegas de equipe disse qualquer coisa por um bom tempo.

Finalmente a voz de Sierra ecoou pelas caixas de som acima.

— Coloque sua mão na parede da direita — disse ela.

— O quê? Por quê?

— Quando eu era pequena, jogava bastante vários jogos de labirinto. Se as paredes estão conectadas, tudo que tem a fazer é manter uma das mãos em contato com uma parede o tempo todo e, eventualmente, encontrará a saída ou voltará para o início.

— Faça isso — instruiu Akimi.

— Vai funcionar, cara — acrescentou Miguel.

Então Kyle manteve a mão firmemente encostada na parede de prateleiras à direita e começou a avançar devagar para frente.

— Vamos, Kyle! — vibrou Haley. — Abrace essa parede! Abrace essa parede!

A passagem se alargou. Kyle continuava com a mão colada à parede e seguia pelas quinas, pelos zigue-zagues, até, finalmente, chegar a uma entrada próxima à esteira de devolução de livros.

— Você conseguiu! — gritou Haley. — Uhul!

Todas as prateleiras retornaram às suas posições iniciais, organizadas como bancos de uma igreja.

— Bom — disse Kyle. — Sair deverá ser mais fácil do que entrar. Onde está a caixa, Haley?

— Coloquei na prateleira.

— Qual?

— Aquela ali.

— Aviso — anunciou a voz feminina e calma que vinha novamente do teto. — Você tem TRÊS MINUTOS para completar este desafio.

Kyle olhou para uma câmera próxima.

— Hmm, Haley? Pelo que exatamente estou procurando?

— Uma caixa de papelão. Em uma gaveta.

— Tá. Tem tipo um bilhão dessas...

— Eu marquei com um pedaço de pano cor-de-rosa.

Kyle correu para uma prateleira.

— DOIS MINUTOS — anunciou a calma mulher.

— Esta aqui? — perguntou Kyle.

— Sim! Olhe a gaveta de metal.

— Achei que você disse que era de papelão...

— É. Abra a tampa. Não aquela tampa. A outra.

— Esta?

— Não! A que está embaixo!

— UM MINUTO.

— Rápido, Kyle!

— Estou indo.

— Abra logo.

Kyle cumpriu a ordem. Abriu a parte de cima de uma gaveta de metal e encontrou uma caixa surrada de sapatos.

Cada membro da equipe de Kyle gritou a mesma coisa:

— Pegue!

— E corra! — acrescentou Akimi.

Kyle obedeceu.

Pôs a caixa de sapatos debaixo do braço e correu como nunca correra antes.

Disparou pelo andar do porão. Subiu os degraus como um foguete, de dois em dois.

Quando chegou à rotunda, seu coração parecia querer atravessar suas costelas.

— TRINTA SEGUNDOS.

O garoto deslizou pelo chão de mármore. Era tão escorregadio que o fez perder o equilíbrio.

Kyle caiu para a frente.

Derrubou a caixa.

Ela voou de suas mãos, caiu no chão e deslizou como um disco de hóquei, passando pela soleira da porta de entrada do Salão de Encontro Comunitário B.

Uma sirene tocou.

— O tempo acabou — anunciou a voz tranquila.

— Ei — gritou Miguel —, você conseguiu, cara!

Então Kyle começou a respirar novamente.

51

Tendo feito o seu pedido, tudo o que Charles podia fazer era aguardar.

— Aparentemente — disse o sr. Lemoncello ao voltar para a rotunda — o seu tio Jimmy é um homem muito, *muito* ocupado. Fez-me lembrar de uma aranha que uma vez conheci. Mas é manhã de domingo. Tentaremos encontrá-lo em casa.

— Obrigado, senhor. Pedi ao tio Jimmy ficasse de sobreaviso. Que talvez eu precisasse dele neste fim de semana.

— E agora... *WHOOSH!* Ele é esquivo como o vento nos salgueiros. Você terá que conversar com ele sobre isso da próxima vez que sua família se encontrar para o jantar de Ação de Graças. Agora, se me der licença, são nove e quarenta e oito da manhã. Está quase na hora de reabrir as salas com classificação decimal de Dewey.

O sr. Lemoncello abriu um arquivo e pegou um megafone.

— Há alguma sala para qual você precisa correr? Não existe alguma pista ou livro que precise ser encontrado?

— Apenas um — respondeu Charles. — E eu preciso que o meu tio Jimmy me diga qual é. O senhor pode continuar a procurá-lo? Por favor.

— É claro. — O sr. Lemoncello apontou para uma mancha na camisa de Charles. — Se você quiser, também posso pedir que Al Capone cuide de suas camisas.

Tudo que Charles podia fazer era assentir, sorrir e se perguntar quando Al Capone abrira uma lavanderia.

52

— Todos vocês, por favor, prestem muita atenção — pediu o sr. Lemoncello pelo megafone alto e barulhento. — As portas com classificação decimal de Dewey estão abertas, e este jogo não vai durar para sempre. Portanto, é hora de correr lá para cima!

Kyle e seus colegas de equipe ouviram o anúncio do sr. Lemoncello, mas permaneceram dentro do Salão de Encontro Comunitário B para que pudessem examinar a caixa de sapatos antiga e empoeirada.

— É da época em que o sr. Lemoncello tinha a nossa idade — comentou Haley. — Aqui. Tenho certeza de que é disto que precisamos.

Ela entregou para Kyle um envelope grande de papel pardo, selado com uma quantidade exagerada de fita adesiva. Na frente, havia escrito "Primeira e Pior Ideia de Todos os Tempos".

— Irado — disse Kyle enquanto soltava as fitas adesivas. — A pista disse que sua primeira ideia talvez seja nossa solução ideal.

Dentro do envelope havia uma pilha de cartas, um monte de carimbos, uma almofada para carimbo e uma folha para fichário de três argolas cheia de anotações desleixadas, feitas com a letra de um aluno do quinto ano.

Kyle leu em voz alta o que o jovem Luigi Lemoncello escrevera:

— "Apresentando Primeiras Letras: o Maravilhosamente Incrível Jogo de Códigos Secretos."

Haley mostrou algumas das cartas. Cada uma exibia um desenho e uma única letra: Aranha = A, Banana = B, Cenoura = C, e assim por diante.

Kyle continuou a ler:

— "Deseja enviar ao seu amigo uma mensagem secreta para encontrá-lo depois da escola? É só usar seus carimbos supersecretos."

Miguel examinou alguns dos carimbos com cabo de madeira.

— As imagens correspondem aos cartões.

— Então como exatamente você usa essa velharia para marcar de encontrar seus amigos depois da aula? — perguntou Akimi.

— Isso é tão ruim — disse Kyle. — Maçã, Elefante, Elefante, Nariz, Cachorro, Orelha, Nariz, Telefone, Rato, Elefante, Dado, Elefante...

Akimi ergueu a mão.

— Tá. Pode parar. Já entendi.

— Talvez fosse para crianças pequenas — disse Sierra.

— Com certeza — respondeu Kyle. — Porque qualquer pessoa com mais de seis anos conseguiria decifrar esse código em uns dez segundos.

E, então, ele congelou.

— É isso!

Foi até a parede que tinha a lista dos cartões da biblioteca.

— O que aconteceria se jogássemos Primeiras Letras com estes títulos de livros?

LIVROS/AUTORES NO VERSO DOS CARTÕES DA BIBLIOTECA

#1 Miguel Fernandez

Eneida, de Virgílio /
Mulherzinhas, de Louise May Alcott

#2 Akimi Hughes

1984, de George Orwell /
Ninoca Vai Nadar, de Lucy Cousins

#3 Andrew Peckleman

Seis Dias do Condor, de James Grady /
Olivia, de Ian Falconer

#4 Bridgette Wadge

Ah, Tudo Que Você Pode Pensar!, de Dr. Seuss /
O Senhor das Moscas, de William Golding

#5 Sierra Russell

Admirável Mundo Novo, de Aldous Huxley /
A Ilha Misteriosa, de Júlio Verne

#6 Yasmeen Smith-Snyder

Dom Quixote, de Miguel de Cervantes /
As Aventuras de Tom Sawyer, de Mark Twain

#7 Sean Keegan

Édipo Rei, de Sófocles /
O Ratinho, o Morango Vermelho Maduro e o Grande Urso Esfomeado, de Audrey e Don Wood

#8 Haley Daley

Alice no País das Maravilhas, de Lewis Carroll /
O Nabo Gigante, de Aleksei Tolstói

#9 Rose Vermette

O Apanhador no Campo de Centeio, de J. D. Salinger /
Emma, de Jane Austen

#10 Kayla Corson

As Neves do Kilimanjaro, de Ernest Hemingway /
Os Três Mosqueteiros, de Alexandre Dumas

#11 DESCONHECIDO / CHARLES CHILTINGTON

#12 Kyle Keeley

Diário Absolutamente Verdadeiro de um Índio de Meio-Expediente, de Sherman Alexie/
A Árvore Generosa, de Shel Silverstein

— Certo — disse Miguel, dirigindo-se para um espaço em branco na parede. — Aqui estão as primeiras letras de todos os títulos.

EMMNSOAOAADAEOAOOEAO??DA

— Ainda assim não faz sentido — comentou Akimi.

— Espere um segundo — pediu Sierra. — Se os títulos começam com um artigo, esqueçam ele e usem a primeira letra da segunda palavra.

— Entendido — disse Miguel.

EMMNSOASAIDAERANAENT??DA

— Certo — disse Akimi. — Agora faz um pouco mais de sentido.

Ela foi até o quadro e dividiu as iniciais formadas por Miguel em palavras.

E/MMN/SO/A/SAIDA/ERA/NA/ENT??DA

— Só um momento — pediu Kyle. — Poderia ser...

EM/MNSO/A/SAIDA/ERA/NA/ENT??DA

— O que é "MNSO"? — perguntou Akimi.

— Espere! Veja! — pediu Miguel. — A segunda palavra pode ser um *ano!* Assim como o título do primeiro livro da palavra, *1984!* E o livro do terceiro cartão começa com o número seis.

Kyle pegou um marcador:

EM / 1 9 6 8 / A / S A I D A / E R A / N A / E N T ? ? D A

— Um minuto — disse Haley. — Sabem todas aquelas perguntas de conhecimentos gerais que respondemos sexta-feira? Eu fui tão mal que decidi procurar no Google por um monte delas mais tarde naquela noite. Eram todas de 1968.

— Pessoal — falou Sierra. — Fiz algumas pesquisas também. O sr. Lemoncello nasceu em 1956. Isso significa que tinha doze anos em 1968.

— Certo — disse Akimi. — Isso vai além de uma curiosidade sobre a qual estão se gabando?

— Pode apostar que sim — respondeu Kyle. — Este ano é a chave. E não precisamos do cartão da biblioteca de Charles para terminarmos a frase.

Ele foi até o quadro.

Verificar

EM 1968, A SAÍDA ERA NA ENTRADA.

— Então o que aconteceu em 1968? — perguntou Haley.

— Foi quando *A Fantástica Fábrica de Chocolate* foi lançado? — perguntou Miguel.

— Não — respondeu Sierra. — Isso foi em 1964.

— Então qual é o lance da pista de doce da Sala de Arte e Artefatos?

— Nós erramos — disse Akimi. — Precisamos voltar e encontrar uma nova rima para "Andy".

— Sério? — perguntou Haley. — Achei que ele tivesse sido expulso por trapaça.

— Outra longa história — comentou Miguel.

— Para mais tarde — disse Kyle. — Agora precisamos estar no terceiro andar!

53

De volta à Sala de Arte e Artefatos, Kyle se sentiu confiante de que estavam bem perto de descobrir, bem, o que quer que tivessem que descobrir.

Como aquilo os ajudaria a fugir da biblioteca já eram outros quinhentos.

— São dez e quarenta e quatro — informou Akimi. — A última pista deverá aparecer na Cúpula das Maravilhas em dezesseis minutos.

— Bem, pessoal — disse Kyle —, vamos nos espalhar. Precisamos de uma nova rima para "Andy".

— Esse modelo do prédio do banco pode ser considerado *atraente* — acrescentou Miguel.

— Os Dandy Bandits! — gritou Akimi, mais uma vez analisando a vitrine de chapéus.

— Sim! — exclamou Haley, retirando o sapato para mostrar a todos a pista que guardara.

– A
+ IDOS

— Bandidos! Encontrei isso na sala dos trezentos.

— Essa é pista pela qual esperávamos — disse Kyle.

— Porque o número decimal Dewey para livros de Crimes Verídicos sempre começa com o número três — informou Miguel. — Quando encontrarmos este livro, ele nos dirá como e quando "os bandidos entraram em 1968".

— Escutem isso, pessoal — disse Akimi. Ele leu uma placa na vitrine. — "Este chapéu Fedora quadriculado de *1968* foi usado pelo ladrão de bancos Leopold Jeffrey, um dos notórios Dandy Bandits."

— Jeffrey! — gritou Miguel.

— Uma pista do telecheiro — reconheceu Kyle. — É por isso que tudo estava cheirando a pinheiros.

— Jeffrey era um dos pinheiros na resposta que o sr. Lemoncello deu para vocês, pessoal! — exclamou Haley.

— Oba, oba, oba — comemorou o sr. Lemoncello, enquanto seus sapatos de banana faziam barulho, entrando na sala. — Muito bem, senhorita Daley... e senhorita Hughes.

— Viram? — disse Akimi. — Eu estava certa desde o primeiro momento que entramos aqui. Eu disse "dandy", e todo mundo disse: "nãããããããão, *candy*. Willy Wonka..."

— Sim, começo a recordar tudo — disse o sr. Lemoncello. — Mil novecentos e sessenta e oito. Eu estava pensando em uma ideia para um jogo na antiga biblioteca pública.

— E — disse Kyle — você estava tão compenetrado que não ouviu as sirenes da polícia passando pela biblioteca e correndo em direção ao Gold Leaf Bank...

— O melro era de Alexandriaville — continuou Sierra. — O barulho da sirene de polícia era daquele dia.

Miguel terminou aquele pensamento.

— Quando os Dandy Bandits engatinharam para dentro do banco!

— Meu Deuzinho — disse o sr. Lemoncello. — Como vocês, crianças, saberiam disso tudo?

— Através das pistas do jogo — disse Kyle — e da história que a dra. Zinchenko nos contou na noite de sexta-feira quando alguém lhe perguntou o motivo de uma biblioteca precisar de uma porta de cofre.

— Ela já estava nos dando pistas! — exclamou Akimi.

— Agora são ONZE da manhã — anunciou a moça do teto. — Este jogo terminará em UMA hora.

— Vamos — chamou Kyle, indo para a porta. — É a décima primeira hora. Precisamos checar a Cúpula das Maravilhas mais uma vez.

Eles correram para a sacada.

— Lá está! — disse Sierra.

— 364 ponto 1092! — gritou Miguel.

— Uhul! — comemorou Akimi. — Nós vamos vencer!

54

No primeiro andar, Charles conversava por videoconferência com seu tio, James Willoughby III, o bibliotecário do Congresso, que finalmente aparecera para o Pergunte a um Expert.

— Perdão pelo atraso, Charles.

— Tudo bem, tio Jimmy — respondeu o menino, se esforçando para sorrir em vez de gritar.

— Agora são ONZE horas da manhã — anunciou a voz irritantemente plácida que vinha do teto. — Esse jogo terminará em UMA hora.

Charles teria que se apressar.

— Senhor, eu sei que é um homem muito importante e muito ocupado, então tenho somente uma pergunta rápida: se eu fosse um livro sobre crimes verídicos que aconteceram no estado de Ohio, onde você me colocaria?

— Na classificação da Biblioteca do Congresso?

— Não, senhor. Segundo a classificação decimal de Dewey.

— Ah. Fácil. 364 ponto 1. O que vem depois desse número um vai depender, é claro, de quantos livros uma biblioteca...

Charles não permaneceu no local para ouvir o restante da resposta do tio.

Ele saiu correndo até a escada em espiral mais próxima, em direção ao segundo andar. Enquanto subia os degraus, dois por vez, viu Kyle Keeley e toda sua equipe descendo às pressas uma escada que vinha do terceiro andar.

Charles chegou à sacada do segundo andar primeiro.

Disparou pela curva, passou pelas portas dos quinhentos e quatrocentos.

Keeley e sua equipe vinham da direção oposta, mas Charles alcançou a porta dos trezentos antes deles.

O garoto inseriu seu cartão, deu um puxão na maçaneta e correu para dentro da sala.

Olhou para as prateleiras e foi para a direita.

Ouviu Keeley entrar na sala.

Olhando por cima do ombro, Charles viu o oponente ir para a esquerda.

Ele correu por um corredor entre duas estantes. Lia o número no final de cada fileira de prateleiras.

310.

320.

330.

Um daqueles robôs com cestas para livros veio em sua direção, mas Charles conseguiu se esquivar.

340.

350.

Os passos de Keeley se aproximavam da passagem do outro lado das estantes, à sua esquerda.

No meio da sala dos trezentos, eles entraram em um espaço aberto com um banco de juiz e uma cadeira para testemunhas.

Charles se aproximava cada vez mais da seção de Crimes Verídicos.

No entanto, Kyle também.

Charles viu Keeley ler algo que estava anotado na palma de sua mão.

Ele tinha o número de registro completo!

Era hora de mudar de tática.

Charles diminuiu o ritmo e deixou Keeley pegar a liderança.

Kyle correu até uma estante.

Charles se apressou atrás dele.

— Achei!

Kyle gritou enquanto alcançava um livro na prateleira.

Mas antes que conseguisse retirá-lo, Charles agarrou o livro também.

Ambos o puxaram da prateleira.

Kyle estava com a mão na lombada; Charles o segurava pela parte de cima.

Eles o puxavam para frente e para trás.

Enquanto lutavam pelo livro, os companheiros de equipe de Kyle os alcançaram.

— Cuidado, Kyle — pediu Sierra Russell. — Não estrague o livro.

Charles sorriu. Keeley, o bobão sentimental, estava dando ouvidos à garota boba e nerd e afrouxando sua pegada.

Dando a Charles sua chance.

Charles examinou Keeley. Bateu em seu oponente com o ombro. Fez com que o garoto voasse, derrubando o livro. Charles o pegou do chão.

Ele tinha o exemplar. Rapidamente, examinou o índice. Viu que o capítulo onze era sobre um roubo que acontecera no Gold Leaf Bank em Alexandriaville.

Soube que tinha ganhado o jogo.

Charles usou a mão livre para gesticular um "L" em sua testa.

— *Loser* — disse, zombando de Keeley.

Um tigre rugiu, um apito soprou, e o sr. Lemoncello entrou na sala, acompanhado de Clarence, Clement e o que parecia ser um raro tigre-de-bengala.

— Sr. Chiltington?

Charles sorriu. Ele sabia que o sr. Lemoncello estava prestes a parabenizá-lo por desafiar as probabilidades e vencer o jogo. Ele derrotara sozinho a equipe inteira de Kyle Keeley!

— Sim, sr. Lemoncello?

— Você se lembra da regra número um da dra. Zinchenko?

— Pode apostar que sim, senhor. Nada de comida ou bebida, a não ser que seja no Café Cantinho Literário.

— Não — respondeu o sr. Lemoncello, tocando a ponta do nariz e imitando o som de uma campainha. — Dra. Z? Diga a ele o que deveria ter dito.

A voz da dra. Zinchenko ecoou das caixas de som do teto.

— Seja gentil. Com os demais e, especialmente, com os livros e peças da biblioteca.

— Eu sei — disse Charles. — Foi por isso que tive que parar Kyle Keeley. Estava prestes a arrancar a capa deste pobre livro. Caramba, senhor, todo mundo na escola sabe que Kyle Keeley é um maníaco. Ele faz qualquer coisa para vencer um jogo.

O sr. Lemoncello se virou para Keeley.

— Isso é verdade, Kyle? Realmente destruiria uma propriedade caso ela ficasse entre você e o seu prêmio?

— B-bem, senhor...

Keeley estava gaguejando. O bobão não sabia como mentir.

Charles rapidamente abriu o livro no capítulo onze e o marcou com seu cartão da biblioteca.

— Deveria perguntar a Keeley sobre a janela que ele quebrou, senhor.

O sr. Lemoncello se virou para olhar para Charles de novo.

— Janela?

— Sim, senhor. A escola inteira soube disso. Veja, Kyle Keeley e seus dois irmãos jogavam algum tipo caça maluca ao tesouro e...

O sr. Lemoncello apontou para o livro.

— Isso é inteligente. Você usa seu cartão da biblioteca como marcador?

— Sim, senhor, com certeza — respondeu Charles, aumentando o carisma. — É claro, não posso levar todo o crédito por essa ideia genial. Na noite de sexta, vi Sierra Russell fazendo isso e...

— Você disse a Andrew Peckleman que pegasse "emprestado" o cartão dela.

Charles piscou algumas vezes.

— Como disse?

— Você quebrou a regra número um da dra. Zinchenko. Não foi gentil com o seu colega de equipe, Andrew. Na verdade, você o chantageou para roubar o cartão de biblioteca da srta. Russell, que, conforme já sabia, o utilizava como marcador de páginas.

— Não, senhor. Não fiz isso.

— Sim, Charles. Você fez. — O sr. Lemoncello tocou sua orelha direita. — Na verdade, a dra. Zinchenko passou as últimas horas analisando as gravações de segurança, e adivinhe o que ela acabou de encontrar?

Charles ouviu sua própria voz saindo das caixas de som do teto.

"Você já prestou atenção no que Sierra Russell usa como marcador de livros?"

"Não."

— Isso foi o Andrew — informou o sr. Lemoncello. — Agora é você de novo.

"O cartão dela da biblioteca, que certamente também funciona como chave de acesso para o Salão de Encontro Comunitário B. Encontre um jeito de pegá-lo emprestado."

— Você mandou Andrew roubar o cartão de biblioteca da Sierra.

— Como conseguiu gravar isso? — perguntou Charles. — Eu estava sussurrando!

— E *eu* tenho microfones muito bons. Acabou para você, Charles. Dra. Zinchenko? Informe ao nosso hóspede de partida o que ele ganhou.

— Absolutamente nada — respondeu a voz da bibliotecária russa. — Mas, por favor, sr. L., diga a Charles a resposta correta do pictograma final.

— Ah, sim!

O sr. Lemoncello pôs a mão no bolso de trás de sua calça, retirou um cartão quatro por quatro e mostrou para o garoto.

Charles permaneceu no lugar, soltando fumaça.

— Alguém poderia ajudar o Charles?

— Hmm — pensou Kyle. — É "oito comem"?

— Está chegando lá — respondeu o sr. Lemoncello.

Houve uma pausa e, então, Haley começou a rir.

— Isso vinha depois do jogador de futebol americano?

— Sim — respondeu Charles. — E daí?

— Andrew estava certo o tempo todo — disse Haley. — A pista do jogador de futebol não era "passe", era "dezenove".

O sr. Lemoncello alterou sua voz para o modo "programa de auditório".

— Então, Haley Daley, se importaria de solucionar o enigma?

— Claro que não: "Você pode sair pelo caminho que os bandidos usaram para entrar em dezenove se sentam oito."

— Não entendi — disse Charles.

— Dezenove, se sentam, oito — ajudou Akimi. — Sabe: mil novecentos e *sessenta e oito*.

— Ah, sim — disse o sr. Lemoncello. — O ano em que *Dos Arquivos Desordenados da Basil E. Frankweiler* ganhou a Medalha Newbery por excelência em literatura infantil. Outra pista que você deixou passar completamente, Charles.

— Uau — exclamou Miguel. — E eu achava que os Chiltington nunca perdiam.

— Existe uma primeira vez para tudo — disse o sr. Lemoncello. — Clarence? Clement? Retirem gentilmente o sr. Chiltington do prédio.

— Tchauzinho — disse Akimi. — Lá se vai o maior perdedor desse jogo.

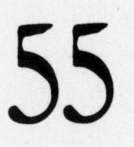

55

— Abra isso! — Akimi disse para Kyle. — Temos só uns quarenta minutos para descobrir como Leopold e os Dandy Bandits entraram no banco em 1968!

Kyle folheou o *True Crime Ohio* até o local onde Charles inserira seu marcador.

— Então? — perguntou Miguel.

— Capítulo Onze. "Os Dandy Bandits Invadem um Cofre de Banco."

— Apesar de "não roubarás" — disse Akimi.

— "Os espertos ladrões" — leu Kyle diretamente do livro — "se abrigaram em uma antiga fábrica de vestidos que ficava ao lado do Gold Leaf Bank e passaram semanas cavando um túnel que ia do porão do local até o interior do cofre do banco."

— O qual — completou Miguel —, de acordo com aquelas plantas antigas que encontrei, ficava no mesmo lugar onde hoje se encontra aquela máquina classificadora de livros.

— Isso explica a primeira pista — disse Kyle. — O título do livro era *Conheça Melhor Sua Biblioteca Local*. A dra. Zinchenko queria dizer que nós precisávamos conhecer *esta* biblioteca. Isso também explica por que ela queria que lêssemos aquelas histórias do Sherlock Holmes.

— "A Liga dos Cabeças Vermelhas" — complementou Sierra. — A história sobre ladrões cavando um túnel para entrar em um banco que ficava ao lado.

Kyle assentiu.

— A dra. Zinchenko me disse que *ela* tinha acabado de ler o livro. Aposto que foi dele que tirou a ideia para todo esse jogo.

— Ei, Charles deveria ter ficado com a ideia de engatinhar pelo esgoto que nem fez naquele videogame — brincou Miguel. — Ele poderia até encontrar o túnel dos Dandy Bandits antes da gente.

— Vamos, pessoal — convocou Haley. — Precisamos voltar ao porão.

— Eu vou com vocês — disse o sr. Lemoncello. — Tenho que ver como essa história termina!

Com o *True Crime Ohio* junto ao peito, Kyle liderou o caminho até o porão.

— Por que você está trazendo esse livro? — perguntou Akimi.

— Colocaremos naquela esteira transportadora — explicou Kyle. — Independentemente da cesta para qual a máquina irá enviá-lo, aposto que será onde encontraremos nosso "quadrado preto".

— Nosso atalho para fora da biblioteca!

— Exatamente!

Enquanto a equipe se apressava para descer as escadas em direção ao porão, o sr. Lemoncello se virou para Kyle e disse:

— Então, sr. Keeley, se divertiu neste fim de semana?

— Aham.

— Que bom. Parabéns, srta. Hughes, parece que *você* já venceu.

Akimi corou levemente.

— O que quer dizer? — perguntou Kyle.

— Na redação, sua boníssima amiga escreveu, e eu cito: "Quero ver a nova biblioteca para que possa contar ao meu amigo Kyle Keeley o quão legal ela é."

— Você escreveu sua redação sobre mim?

— Talvez — murmurou Akimi.

— Uau — disse o menino. — Nunca ninguém fez isso antes.

— Bem, ninguém vai fazer isso de novo se você estragar a nossa chance de ganhar isso aqui. Então, por favor, será que podemos parar com o sentimentalismo e encontrar a saída?

— Por mim, tudo bem.

— Aviso — disse a voz calma que vinha das caixas de som do teto. — Este jogo terminará em TRINTA minutos.

Todo mundo começou a se mover um pouco mais rápido.

Felizmente, quando o grupo chegou ao porão, as estantes que iam do chão ao teto não começaram a formar um outro labirinto.

— O classificador automático de livros fica nessa reta, próximo à parede do outro lado — informou Kyle.

Eles chegaram à esteira.

— Pelo que me recordo das plantas antigas — disse Miguel —, o cofre ficava bem aqui, no mesmo lugar dessa máquina.

— Certo, pessoal — instruiu Kyle. — Não importa a cesta na qual esse livro vá parar, porque ela provavelmente estará no topo da entrada do túnel. Aqui vão todas as nossas apostas.

Kyle posicionou o *True Crime: Ohio* sob o conjunto de luzes que se entrecruzavam.

Nada aconteceu.

— O que está havendo? — perguntou Miguel. — Por que não funciona?

— Talvez este livro não seja pesado o suficiente.

Kyle pressionou a capa do livro para baixo.

Nada ainda.

Eles olhavam, estupefatos, para o livro em cima da esteira imóvel.

— Isso não *parava* de se mexer ontem — resmungou Haley.

— É isso! — gritou Akimi.

Ela correu até a parede e fez com que o interruptor de emergência ficasse de novo na posição "ligado".

Diversos scanners de laser vermelho voltaram à vida sob o compartimento de devolução de livros.

A esteira começou a se mover. Vagarosamente.

O único livro fez seu caminho como um doce em uma máquina de embalar. Quando alcançou a terceira cesta no final, um conjunto de cilindros surgiu e virou o livro de lado na direção de uma cesta de espera feita de arame.

A esteira parou de funcionar. O carrinho robótico se afastou.

Nada mais aconteceu.

— É isso?

— Aviso — anunciou a voz calma. — Esse jogo terminará em VINTE minutos.

— Não funcionou — afirmou Haley.

— Estamos ferrados — disse Akimi.

— Espere — pediu Kyle, apontando para um ladrilho quadrado no chão onde estivera o carrinho robótico. Estava brilhando, como as telas *touchscreen* dos computadores nas mesas acima. — Está dizendo: "Como vai? Você gosta de jogos divertidos? Fique a postos."

— Excelente! — riu Akimi. Em seguida, ela e Kyle gargalharam, lembrando-se das caixas de seu primeiro enigma na Sala de Tabuleiro na manhã de sábado.

— Agora diz que receberemos um anagrama — informou Kyle.

— Meu tipo preferido de biscoitos — disse o sr. Lemoncello.

— Certo, pessoal — convocou Kyle. — Fiquem juntos. E a postos.

Kyle, Akimi, Sierra, Miguel e Haley se ajoelharam no chão formando um círculo ao redor do quadrado. O sr. Lemoncello se debruçou sobre eles.

— Aqui vamos nós — anunciou Kyle enquanto as instruções do jogo passavam na tela.

**DIGAM-ME DEZESSEIS PALAVRAS CRIADAS
A PARTIR DESSAS DEZESSEIS LETRAS
EM SESSENTA SEGUNDOS OU MENOS.**

Um cronômetro marcando sessenta segundos apareceu na parte de baixo da tela. E, então, várias letras apareceram formando um quadrado quatro por quatro:

$$\begin{matrix} L & U & I & G \\ I & L & L & E \\ M & O & N & C \\ E & L & L & O \end{matrix}$$

— Luigi L. Lemoncello — murmurou Kyle.

A contagem de sessenta segundos começou a decrescer.

Sierra gritou "Monge!", e uma campainha tocou na caixa de som do teto. Os cinco membros da equipe começaram a gritar palavras:

— Cego!

— Nome!

— Cone!

— Gim!

— Gelo!

— Mole!

— Longe!

— Restam trinta segundos — anunciou o sr. Lemoncello.

— Leme!

— Gel!

— Mil!

— Elmo!

— Óleo!

— Eco!

— Hmm, mole!

— Já dissemos essa.

— Elo!

— Quinze já foram — contou a voz no teto.

— Ummm...

— Restam dez segundos.

— Alguém?

— Cinco.

— Quatro.

— Gomo! — gritou Haley.

A tela do computador piscou "Parabéns!" e "Vencedores!".

Em algum lugar, uma plateia de um programa de auditório gritou, rojões de fogos de artifício assobiaram pelo ar, e vários gansos grasnaram um "Oba!".

— Por favor, afastem-se — pediu a voz tranquilizante no teto.

Kyle e sua equipe obedeceram.

— Aviso — continuou a voz. — Esse jogo terminará em QUINZE minutos.

— Ainda precisamos sair, pessoal! — disse Akimi. — Vamos lá, chão. Faça alguma coisa!

Os oito ladrilhos que estavam em volta da tela também começaram a brilhar. Primeiro, amarelo, em seguida laranja e, então, roxo.

— Nosso quadrado secreto — anunciou Akimi.

Houve uma série de cliques, e os ladrilhos começaram a se dobrar uns sobre os outros e a se recolher para dentro do chão, abrindo um espaço como um alçapão feito de origami.

— Vejam — pediu Haley —, tem degraus.

O sr. Lemoncello olhou para dentro do buraco que se formara com uma escada bem-iluminada e um túnel.

— Caramba. A dra. Zinchenko certamente tem feito umas faxinas desde que o sr. Jeffrey esteve aqui.

— É claro que sim — disse Haley. — Para que a gente possa "sair pela porta que os bandidos entraram em mil novecentos e sessenta e oito".

— Corram, todos! — disse o sr. Lemoncello. — Não quero me atrasar para a minha própria festa de aniversário.

56

Kyle liderou o caminho pelo túnel e levou sua equipe (e o sr. Lemoncello) até um porão vazio contendo manequins e caixas de papelão.

— Esse deve ser o porão de uma das lojas de roupa em Old Town — deduziu Kyle.

— The Fitting Factory — informou Haley, lendo uma etiqueta de um caixote de remessa. — É uma das minhas preferidas.

— E — acrescentou Sierra —, em 1968, era a mesma fábrica de vestidos que Leopold Jeffrey e os Dandy Bandits usaram.

— Tem uns degraus aqui — disse Miguel, subindo uma escada de madeira. — E uma porta. — Ele mexeu na maçaneta. — Putz, cara... está trancada.

Kyle olhou para os batentes das janelas empoeiradas, que ficavam a uns três metros acima do chão.

Ele não pôde evitar sorrir.

Aquilo o fez lembrar de outro jogo que vencera certa vez. Agora, ele teria apenas que inverter a ordem das coisas.

— Empurre comigo algumas caixas — pediu Kyle a Miguel. — Podemos empilhá-las embaixo desta janela.

Depois que eles construíram uma escada com as caixas, Kyle subiu nela e examinou o ferrolho da janela.

— Ótimo — disse Kyle.

— Não me diga — disse Akimi. — Mais um jogo?

— Sim. Tem um cadeado com uma combinação, do tipo que tem três rodinhas com letras aleatórias.

— Aviso — anunciou a voz.

— O quê? — perguntou Akimi. — A dra. Zinchenko colocou caixas de som aqui também?

— Este jogo terminará em QUATRO minutos.

— Ei, abra o cadeado, Kyle! — ordenou Miguel.

— Espere. É um tipo de jogo de palavras.

— Tem alguma pista? — perguntou Haley.

— Claro. — Kyle leu o minúsculo pedaço de papel que estava colado no vidro. — "Uma vez que aprender a fazer isso, será livre para todo o sempre."

Todo mundo começou a rir.

Aquele último enigma era ridiculamente fácil.

— Prontas, crianças? — perguntou o sr. Lemoncello. — Todos juntos agora!

E, ao mesmo tempo, todos gritaram: LER!

Kyle girou as rodinhas para soletrar L-E-R. O cadeado fez um clique. A janela se abriu.

E, desta vez, ele não precisou quebrar vidraça nenhuma para vencer o jogo.

Kyle e o sr. Lemoncello se posicionaram no topo da caixa mais alta e ajudaram os demais a saírem do porão.

Quando Haley atravessou a janela, alguém na multidão que havia se juntado ao redor da biblioteca para a grande final do jogo a viu e começou a gritar.

— Vejam! É Haley Daley! É a primeira a sair. Ela venceu! Com apenas dois segundos para encerrar!

— Não, não. — Kyle a ouviu falar alto, com sua voz animada de líder de torcida. — Eu sou apenas um membro de uma equipe supermaravilhosa. Somos todos vencedores. Uhul!

Quando Akimi saiu pela janela, a multidão entoou seu nome.

— Como vocês sabem o meu nome? — Kyle ouviu a amiga perguntar. — Pai? Você contou para eles?

Sierra Russell estava pronta para sair em seguida.

— Sr. Lemoncello?

— Sim, Sierra?

— A que horas a biblioteca abre amanhã?

— Para você, Sierra, às nove da manhã!

Sorrindo, a menina se apoiou sobre as mãos e saiu pela janela.

Kyle se sentiu mal quando Sierra ficou de pé na calçada. Quem estava lá para torcer por ela?

Mas então ele ouviu Haley gritar:

— Ei, pessoal. Vocês têm que conhecer a nossa nova amiga incrível, a Sierra Russell! Ela é tão inteligente que poderia dizer quem foi o autor das listas telefônicas!

A multidão enlouqueceu.

— Sierra! Sierra! Sierra!

— Certo — disse Kyle —, você é o próximo, Miguel.

— E, Miguel — chamou o sr. Lemoncello —, se seu cronograma de verão permitir, adoraria que você fosse o responsável pela minha equipe do Clube do Livro Lemoncello.

— Obrigado, senhor. Seria uma honra.

— E, por favor, convide o sr. Peckleman para se juntar a você.

— Mas Andrew acha que essa biblioteca é idiota.

— Mais motivos para que ele passe um tempo tentando nos conhecer um pouco melhor. Agora, vá!

Os outros ajudaram Miguel a subir e sair pela janela.

A multidão animada gritava cada vez mais alto.

— Miguel! Miguel! Miguel!

— Gente — gritou o garoto —, essa biblioteca é que nem casa de vó. Vocês têm que visitar *sempre*!

A multidão gargalhou. Kyle sorriu.

— Você é o próximo, sr. Keeley — disse o sr. Lemoncello.

— Certo. Posso fazer uma última pergunta?

— Com certeza. E espero que não seja a última.

— Você realmente vai colocar a gente em seus comerciais de televisão?

— Ah, sim. Vocês ficarão bastante famosos.

— Legal.

— De fato. Quem diria que passar um tempo na biblioteca local poderia ser uma experiência tão gratificante?

Kyle sorriu.

— Você diria, sr. Lemoncello.

— E, agora, você também.

Kyle apoiou o pé nas mãos do sr. Lemoncello e agarrou o batente da janela.

— Vejo o senhor em sua festa de aniversário!

— Ah, sim. E quer saber de uma coisa, Kyle?

— O quê?

— Pode ser que haja balões!

OBRIGADO...

Para R. Schuyler Hooke, meu editor de longa data na Random House, por sua incrível paciência, fé e contribuição a este projeto.

À designer Nicole de las Heras e ao artista Gilbert Ford, que fizeram o livro ficar tão bonito.

Para a minha esposa, J. J. Myers, que é uma editora espetacular.

Para a srta. Macrina, bibliotecária, e todos do P.S. 10 no Brooklyn, cuja biblioteca me deu a inspiração inicial para esta história.

Para Darrell Robertson, Gail Tobin, Amy Alessio, Erin Downey, Yanna Zinchenko, Scot Smith e todos os demais bibliotecários e especialistas em mídias que encontrei durante as minhas viagens como autor, em bibliotecas públicas e escolas. Quando vejo o quanto vocês inspiram o amor pela leitura diariamente, me dou conta de que vocês são muito mais extraordinários e incríveis do que o sr. Lemoncello.

Este livro foi composto na tipografia
Palatino LT Std, em corpo 10/15, e impresso em
papel off-white no Sistema Digital Instant Duplex
da Divisão Gráfica da Distribuidora Record.